不负岁月 不负卿

〔情感〕

《读者·原创版》
编辑部◎编

甘肃文化出版社

图书在版编目（CIP）数据

不负岁月不负卿 /《读者·原创版》编辑部编. --
兰州 : 甘肃文化出版社，2018.12
ISBN 978-7-5490-1737-9

Ⅰ. ①不… Ⅱ. ①读… Ⅲ. ①散文集－中国－当代
Ⅳ. ①I267

中国版本图书馆CIP数据核字(2019)第000808号

不负岁月不负卿
《读者·原创版》编辑部 | 编

责任编辑 | 史春燕
责任校对 | 凯　旋
封面设计 | 马顾本

出版发行 | 甘肃文化出版社
网　　址 | http://www.gswenhua.cn
投稿邮箱 | press@gswenhua.cn
地　　址 | 甘肃省兰州市城关区南滨河东路520号 | 730000（邮编）

营销中心 | 王　俊　贾　莉
电　　话 | 0931—8454870　8430531（传真）

印　　刷 | 北京温林源印刷有限公司
开　　本 | 800 毫米 × 1100 毫米　1/32
字　　数 | 132 千
印　　张 | 7.25
版　　次 | 2018 年12月第 1 版
印　　次 | 2019 年 1 月第 1 次
书　　号 | ISBN 978-7-5490-1737-9
定　　价 | 29.80 元

我们曾白日放歌

曾拼却醉颜红

曾以为自由就是离开

千帆过尽，却惟愿岁月静好

坦途中，亦知前方有山丘。

萧萧疏叶，

无边落木，

你远去，

西风独自凉。

落红满地，

残影斜阳，

我沉思，

岁月可回首。

目 录

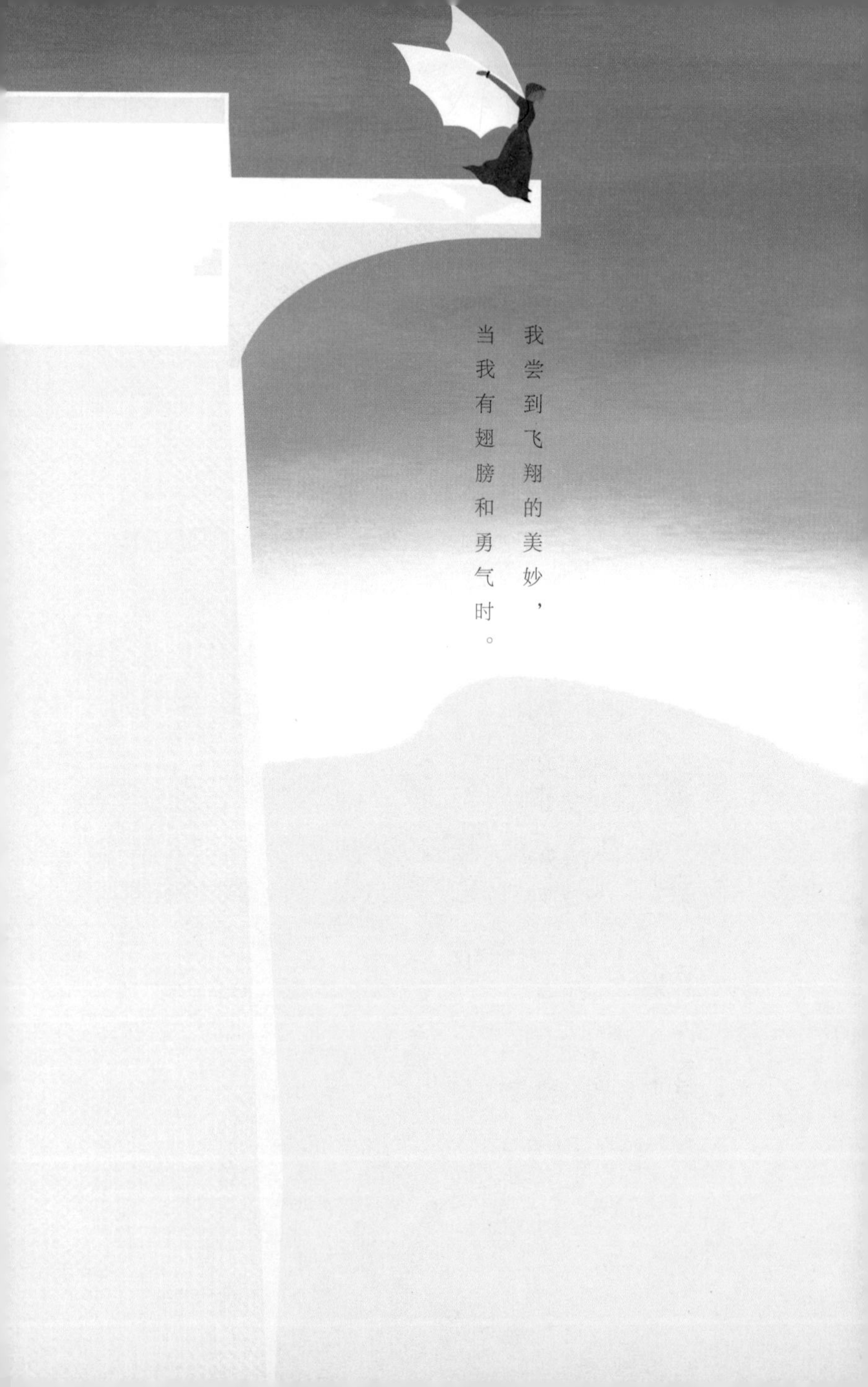
我尝到飞翔的美妙，
当我有翅膀和勇气时。

梦回故乡，又见炊烟，尔后回归平凡。

喜欢你，所以问心有愧

刘小昭

因为心里有你，所以不能思无邪，也不能问心无愧、坦坦荡荡。

周芷若冷笑道："咱们从前曾有婚姻之约，我丈夫此刻却是命在垂危，加之今日我没伤你性命，旁人定然说我对你旧情犹存。若再邀你相助，天下英雄人人要骂我不知廉耻、水性杨花。"张无忌急道："咱们只需问心无愧，旁人言语，理他作甚？"周芷若道："倘若我问心有愧呢？"

——《倚天屠龙记》

最近重看《倚天屠龙记》，读到我一向不大喜欢的周芷若的这一句"倘若我问心有愧呢"，心里一颤。因为心里有你，所以不能思无邪，也不能问心无愧、坦坦荡荡。

前段时间跟一个朋友聊天，说起那个她很喜欢的男生。两个人志趣相投、品位相近，互相都有那么点儿意思，可一晃两年过去，朋友正常做着，没有人先来捅破这层窗户纸。最近这几个月，我发觉他俩的联系多了起来，经常不带我们这些朋友，单独见面吃饭。

我坏笑着提起这件事，刚想恭喜他们终于有了进展，可朋友却神色黯然地叹了口气说："聊的都是和工作相关的事情。”我当然不肯轻易相信，以为她是故意跟我开玩笑。朋友低头揉着手里的纸巾，说：“是真的，因为他对我已经没有了那种感觉，所以才能没有任何顾忌地见面、聊工作，哪怕半夜也能一直聊下去，可那种感觉，已经完全不一样了。”

说到这里，我一下子就懂了。

在“思有邪”的时候，两个人之间有种特殊的气氛，会小心翼翼地和对方说话。

他发来一句“干吗呢”，你能抱着手机开心地打三个滚，却还是要把手机放在一边，心神不宁地忙点儿什么，再字斟句酌地回复一句：“啊，怎么了？”

然后又开始抱着手机等消息，信息来的时候恨不得心跳都漏一拍，而如果发现不是他，心里顿时凉了半截。如果这个时候他发来一条消息，你又能马上原地满血复活……

大概喜欢过一个人的成年男女，都有过类似经历吧？

我有一个同事，我俩在我来这家公司之前就认识，好几年前，他认认真真地追过我。

虽然当时没结果，但也不至于成了仇人。后来我们成了同事，在楼道里经常碰到。

他一直都是爱耍贫嘴的开朗性格，所以坐同一部电梯的时候，经常听到他和周围的同事斗嘴耍贫开玩笑，可对我，就是点头一笑。

我还纳闷儿：虽然咱俩没成，你也不至于这么区别对待吧？

直到前段时间，电梯里只有我们两个人，他突然问我："结婚啦？"

我被问得一愣，忙点点头："对呀。"

"嗯，恭喜恭喜。"电梯"叮"一声响，他就出去了。

从那以后，被他开玩笑的人里，就多了我一个。

我之前一直不懂，听朋友讲完忽然就想到这件事，心里百转千回，也只有再见面听他贫嘴的时候，笑得更大声些。

其实如果让我选，我真的宁愿做那个"思有邪""问心有愧"的人，哪怕真的是想触碰却缩回手，也强过两不相欠的玩笑聊天。你说是不？

牛郎织女

桃桃

这一场异地恋，是不停地奔赴，是无数次的妥协，是互相打气的坚持，也是我和大脸的整个青春。

一

2011年8月23号，北京。

“我走了啊，你一定等我回来啊！”我哭得稀里哗啦，扯着大脸的衣角不放。

“别磨叽了，一会儿该赶不上飞机了。好好吃饭，有网了QQ留言啊。”他眼眶泛红却又一脸正气地把我往安检门里推。

第一年，我在美国哥伦布留学，大脸在甘肃兰州读书。

那时我们都大二，和所有的校园恋情差不多，我和大脸相识于校园，相知于社团，相恋于每天吃饭上自习，爱好相同性格互补，相亲相爱没羞没臊。我出国前一天刚好是我俩在一起的一百天纪念日，正是如胶似漆的阶段。他为了能去北京给我送行，整个暑假都在烧烤摊打工。那年8月底的北京又闷又热，我们没有地方可去，于是就一路贴着房檐下的阴影走着，不停地流汗，不停地吃雪糕，然后不停地说话。我一遍一遍地交代他要想我，不能忘了我，要等我回来；他一遍一遍地说让我出去了好好学习，好好吃饭。

百天纪念日那天我们去了天安门广场，大脸说：“我向毛主席保证，这辈子只爱赵小桃一个人！要不然下辈子没DotA玩！”我当时在旁边哈哈大笑，这真是世界上最狠毒的誓言了。

二

2012年8月5号，大连。

“这鞋也太大了吧，你确定是给我买的吗？”大脸穿着我从美国背回来的皮鞋一脸疑惑地问我。

“我买大了一号，怕小了不能穿，大了可以垫双鞋垫呀！我为了看你跑了这么远的路你还挑三拣四！”我看着至少大了两码的鞋恼羞成怒，先发制人。

第二年暑假，我回国，在河北保定做小动物保护组织的义工，他在辽宁大连打工。

当时我俩已经在一起一年多了，我刚到美国时，面对12小时的时差，我俩很不适应，现在已经磨合得有些默契了。那时我每天早上10点上课，就8点起床，吃完早饭后可以和他视频聊天近1个小时。2012年的时候网络还不发达，没有无线网络全覆盖，微信还没有视频功能，每次视频聊天我们都是在各自的宿舍对着电脑，盘着腿看着对方的脸呵呵傻笑。

现在想想，当时的爱情真是懵懂又笨拙。我从美国给他买了很多东西，虽然我真的很尽力地去挑选，还不远万里地给他背过去，但是鞋不合适，衣服也不怎么合身。他也一样，给我买过根本穿不进去的裙子、奇丑无比的耳钉。这些东西，时至今日我都还留着。

三

2013年6月13号，兰州。

“你咋黑成这样了！这以后咋带出去见人！”大脸一边嘲笑我，一边接过了我所有的行李，顺便塞给我一个“全家桶”。

“你咋不说我苗条了呢！等我洗个澡，绝对白回来！”我狂吃着也没忘了抹他一脸油。

第三年，我去了新疆鄯善支教，他在辽宁大连找工作。

那年春天，我在新疆支教半年，结束之后，他专程从大连赶到兰州中川机场接我。我深知当时的我有多黑多丑，但是他依然在机场亲了我的额头，还送了一束粉色的玫瑰花给我。最重要的是，他记得我在支教时心心念念的肯德基全家桶。

我由于支教，推迟了一学期毕业。而大脸的毕业季并不顺利，想找到一份合心意的工作的确有难度。他带着一身锐气走出象牙塔，彷徨又骄傲，在留兰州还是回大连之间纠结。那时的我们虽然也惧怕未来，但从未想过分开。

有天晚上，大脸打电话给我，我一边备课，一边和他有一搭没一搭地聊天，遥遥地听到他同学对他说要先走了，让他一会儿锁一下自习室的门。初夏的风把桑葚甜甜的味道吹进来，我们都在做着自己的事，认真又努力。我那时以为，这就是最好的爱情了。

四

2014年4月18号。

“你一定照顾好自己，以后我没法照顾你了，你自己注意。”隔着屏幕，大脸的声音似乎还很镇定，但早已泪流满面。

“我会一直恨你，恨你恨到骨头里！我的青春我的未来都被你毁了！我永远也不要再见到你！”我号啕大哭，声音大到震得自己脑壳疼。

第四年，我在甘肃兰州工作，他在浙江杭州闯未来。

这一年年初发生的一切真是如噩梦一样，我毕业后找工作同样不顺利，由于是本科毕业，海归身份带给我的更多是压力。我眼高手低、不想付出只求回报地找了一个月工作，最后只能先在家乡找了所语言学校教英语。而大脸为了我，留在兰州的一家私企做文秘。可能是恋爱三年多第一次同处一地需要磨合，也可能是我们对自己的工作都不满意，觉得未来暗淡无光，我们开始争吵，我不停地对他提要求，他就不停地逃避。在两个多月的争吵后，我们分手了。

大脸走的那一天，没有任何预兆。那天下班后，他带着自己的身份证和毕业证，穿了一件我们在大连买的黑色风衣，踏上了南下的火车。到杭州后，我们视频聊天时，我决定恨他一辈子。

五

2015年11月6号，上海。

“现在和好又是异地恋，能坚持下来吗？”我站在三米开外，冷着脸质问大脸。

“开玩笑！我大脸别的本事没有，最拿手的就是异地恋了。”他嘴上开着玩笑，其实已经紧张得憋红了脸。我看到他的额头微微冒着汗，心一下就软了。

第五年，我在上海上班，他在山东东营创业。

大脸走后，我用了四个月从情伤里走出来。从每天哭哭啼啼地和朋友抱怨，到老老实实在家反思，再到缓过劲来去上海工作。而他从杭州到了济南，最后扎根东营，和朋友一起创业。记得那年清明节，我在上海街边第一次看到青团，买来一个正尝着，接到了大脸的电话，他在电话那头兴奋地说："宝宝，我们这边的公司已经开始有很稳定的盈利了！你来东营吧，我养你啊！"我挂了电话，泪如雨下地吃完了青团。在我的记忆里，青团是咸的。我知道自己还是很爱他，但我不想承认。

于是我们断断续续联系着，我对于他2014年的离开依旧耿耿于怀。半年后，我终于松口，同意他来看我，就约在我公司楼下的地铁口。他比以前胖了，也精神了，一副有为青年的样子。看到我，他三步并作两步跑过来，姿势和大学时候一模一样。他说："你咋瘦成这样了。"我们都哭了。

然后继续异地恋。我在上海工作，他回东营打理他的小公司。一切又回到了从前的样子，两个人待的城市又变了，所幸我们还是我们。

六

2016年12月24号，北京。

“你是不是又穿着袜子在机舱里乱跑了？说了一百遍带双拖鞋，下次再这样，我非把袜子上沾的这些面包渣都塞你嘴里！”大脸在洗手间一边给我洗袜子一边怒吼。

“哎呀哎呀，别生气啊，我们去吃全聚德哇！”我死皮赖脸地挂在门上求原谅。

第六年，我在西班牙巴塞罗那读研，他在辽阳工作。

2016年年初，随着大脸的工作逐渐稳定，我辞了职，出来读我心心念念的研究生。大脸因为工作关系，在辽阳打拼。2017年毕业之后，我就要嫁了。

五年半了，我们的异地恋，胜利在望。我今年已经26岁，但是每次相聚的时刻，穿过人群远远地看到大脸，我一如既往地觉得他在发光！站在人群里的他，已脱了稚气，不再是21岁一身运动装的毛头小子，变成了26岁西装革履的小老板。但无论怎样，他一直都是我的大脸。

回头看看，本科的时候我们也吵也闹，吵完后会气鼓鼓地在学校里跑上一圈，回宿舍后还是忍不住在QQ上给彼此留言；进入社会，开始因为很多现实的问题吵架，工作和感情的协调、收入和支出的协调、关于未来的设想，是吵架的三大主题，但吵得再凶，超不过一周就会有人低头认错。这五年多来，也会偶尔被寂寞挟持想要放弃，被别人突如其来的关心扰乱心弦，多少次想要放下手机谈一场看得见摸得着的恋爱，可每次在视频里看到大脸，听着他一口海蛎子味儿的东北话，我知道，这就是爱情。

这一场异地恋，是不停地奔赴，是无数次的妥协，是互相打气的坚持，也是我和大脸的整个青春。近六年混着笑和泪的爱情，由于异地，情绪被放大，显得更加艰难。每当朋友问我和大脸坚持到现在有什么诀窍，我的回答都是："异地恋嘛，只要还恋着，总会成功的。"

你可曾爱过远方

白云苍狗

一个心有远方的人，总会更容易活得轻盈与奔放，生命在憧憬和期待中往往会绽放出最美的光芒。

认识曦宁，是因为他是我一个网友的同学，我曾经给他们班的同学群发过节日祝福，他好奇地回复了一句：“你是谁？”

我后来和他交往则让很多人匪夷所思。更令人难以想象的是，我们居然在两年间发送了1.7万多条短信！当意识到这个问题的时候，我们都怀疑对方是中国移动的托儿——这场爱情的到来让人如此不踏实。

周边的人都快嘲笑死我了，每天都有好友打击我，因为我和他相隔4000公里，温差最多可以达到60多摄氏度，人口密度比是44∶1……是的，我们离得有点儿远，他在雄鸡头，我在雄鸡腹，过去皇上派公主和亲都不会走这么远。

因为距离太过遥远，我们俩想着这辈子都不会见面，所以都特别坦诚和无畏地把内心的真实世界敞开，开心的事、成长的事、郁闷的事、糗事都会与对方分享，也渴望得到对方的回应。

曦宁是生活在草原上的男人。人家说草原男人的心都是金子做的，我不知道是不是，但是我觉得自己的心是水晶做的——有时候很坚硬，有时候很脆弱，通体都是透明的，每个角度都能折射出不同的色彩和光芒。

曦宁说草原上山有山神，水有水神，连树和石头都有着我们肉眼无法看见的灵魂，世间万物都长着眼睛，都在默默地看着你。人不要伤害任何无辜的生灵，否则神灵是不会答应的。

而我几乎每天都能听到抢劫、盗窃、砍手甚至泼硫酸的新闻。我来去匆匆，几乎不理陌生人，走在路上会和路人保持一定的距离，因为据说有人在传单上喷上迷魂药，派单的同时就能把活人扒得精光。如果有人向我问路，我一定会在第一时间跳出三米远。我还会在上下楼梯的时候尽量靠墙走，因为这样万一出现意外情况，最起码可以保护自己。我还特别留意不能在拥挤的时候碰到或者踩到谁，否则很有可能被一伙人围起来，抢走钱包和里面的卡，逼迫我说出密码，派同伙去取钱，如果密码是假的就要加倍折磨我。因此，我身上多半不会放超过千元的卡。要是遇到有人在后面喊“小姐，你掉东西了”，那我更是吓得迅速逃走，防止被骗。要是遇到小偷或者歹徒正在作案，哪怕是白天，我也不敢多看一眼，因为我观察过，最热闹的地方，哪怕只是十几平方米的区域，一般情况下都会有14到17个偷窃者的同伙，他们或抱着孩子，或骑着电动车，或假装看书看报，或佯装发着短信，总之，比便衣警察还多……

曦宁却不以为然，觉得我神经过敏，说人和人之间哪里需要那么多的警惕和距离。

我却常常想不明白，难道那些亡命之徒就不怕神灵？

曦宁说，草原像大海一样辽阔，连苍鹰都飞不到头，草原的天好蓝好蓝，草原的云彩跟着人走，草原的太阳是大大的，火红火红的，仿佛触手可及，照花花开，照鸟鸟喜，要是照到河流啊，那河水就变得金灿灿的，闪闪发光。草原的弦月清澈如水，满月安详宁静。奔驰在草原上的马群啊，那真是气贯长虹。高贵的骏马随风疾驰，奔跑在波澜壮阔的草原上，长长的马鬃在风中飘动，像蓝天里舒展自如的云彩，油亮的身躯闪耀着太阳神奇的光泽，如天上的流星，如地面的滚雷。在草原上的每一次呼吸，都带着芳草和泥土的清香。一年到头，除了溪水、湖水，人们喝的就是雪水。要是夏天，那天气就像孩子，酣畅地哭过之后会立刻露出笑脸，彩虹就会挂在天边。

我说，我每天8：20起床，冲锋般去赶地铁，去上班打卡，这个月又迟到了无数次，被扣了好多钱。我坐在办公室里一待就到晚上8点，打很多电话，回复很多邮件，发出很多快递，做出很多报表，写出很多文字，还开了无数个会议。早中晚都吃工作餐，要边谈工作边下咽，我腰酸，我背疼，我眼睛发涩，我耳朵嗡嗡响，我头昏脑涨，我满脸油光又布满痘痘，我想哭都没有时间……

曦宁说，草原的夕阳好漂亮啊，娇滴滴的，仿佛一个要入洞房的新娘，摇曳着半遮半掩地走远了。奶茶好香醇，奶酪可以让人有一口漂亮的牙齿，铁丝都嚼得动，草原的羊肉只用水煮都能香飘十里呢。草原的孩子从来不觉得闷，他们就是扯下一根草都能自己玩上半天。草原上到处都是精灵，它们白天缩进草里睡觉，晚上出来四处游逛，过着既新鲜又浪漫的流浪汉的日子，非常自由和惬意。

我说，公司最近3个月走了9个人。听说刚来的广告经理年薪20万，有人眼红，想方设法把她搞走了。人事经理刚来，人还认不全就被人告了黑状……总之，现在人人自危，办公室政治的圈子越来越大，我不知道该怎么办。她们说我们金牛座的人天生就是死干活的命，当不了领导，我就真的每天多干活，尽量少说话，我发现我越来越像一头牛了。我还发现，我心里有很多想法，可是我已经习惯了不说出来，我开始打心理热线了，我觉得大气压好低好低啊，天却是那么高那么高……

我问："曦宁，你们挣那么点儿钱怎么活啊？"

曦宁不屑地回答："那又怎么样啊，难道金钱和快乐是成正比的吗？"

我说，这里的女人都像男人一样强悍，我们公司的高层，

10个里有8个是女的，她们都自己买房买车自己养孩子，自己飞来飞去，自己的事情自己埋单。但是前两个月，我们有两位女同事去世了，一个是开会的时候晕倒在会议室里，脑出血，没有再醒来；一个是加班回去后，早上就没有再起来。一位40岁，一位30岁，都没有丈夫。据说是过劳死。

曦宁说，草原的小伙儿都像雄鹰那么勇猛，像骏马那么奔放，像月亮那么温和。草原男人的心能容得下大海和蓝天，不会计较失去的，只珍惜所得到的。

我说，这里的房价每天都在涨，这里的车每天都那么新，这里的人群永远那么挤，这里的工作总也做不完，这里的有钱人那么多，这里的夜永远热闹非凡。我常常下了班不想回去，不知道万家灯火中，何时才能有属于我的那一盏?

曦宁说，那又怎么样，大家都是一样的，如果你只看见这些，而看不清楚长生天赐予你的健康、平安、爱与被爱有多么宝贵，那你就真的是眼睛出了问题，心灵受了蒙蔽。

曦宁说，齐齐格（蒙语，意为娇艳的花儿），我去看你吧!

曦宁来之前5个月的一天，是我的生日，他给我寄了一件礼物。我在公司打开时，看到一个纯白的首饰盒，里面是一枚璀璨的钻戒。我放到鼻子边，还嗅得到草原的气息。我骂曦宁：“你怎么那么傻啊，你不活了，你下个月吃啥喝啥啊！”曦宁笑着说：“齐齐格啊，你不知道草原的方便面是多么香啊！”

我问身边的很多人：“你会送一个未曾谋面的女孩子钻戒吗？”多半的回答是：“傻瓜吧！”

曦宁果然带着草原的清新与从容来到我的身边，来到车水马龙、流光溢彩的城市。一见面，两个人的手就紧紧地握在了一起，再也不愿意分开，曦宁的手心里全是汗。

那些天，我们一刻都不愿意分开，在阳朔西街的时候，有一次我去洗手间，他一直在门口的花台边等我。我出来的时候，曦宁突然抱住我，说：“好想你啊。”

我笑：“不过几分钟嘛！”

“可是，这些日子以来，这是你第一次离开我这么久啊！”曦宁认真地说。

那一刻，我才知道，这个世界再也没有比两情相悦更幸福的事情了。

曦宁离开后的第二个月，他突然给我发短信：“齐齐格，你愿意让我照顾你一辈子，陪你度过每一个长夜吗？你愿意嫁给我吗？”孩子般简单纯粹的话，一毛钱的成本而已，而城市里到处都在说，一个男人要是爱一个女人，就要舍得给她花钱。可是我还是立刻回复：“我愿意。”

曦宁说：“我好激动，我甚至听见了自己心跳的声音，我太高兴了，很快，我就会去接你，接你来到我的身边，我们永不分离。”

曦宁走后的第三个月，又从草原来，陪了他心目中的女神整整一个月，让我自己决定。

我肿着通红如桃子样的眼睛，告别我的繁华、我的梦想、我的地盘、我的高薪，从深圳坐了26个小时的火车到了北京，然后在北京逗留了一夜，赶第二天最早的一班车，又坐了28个小时的火车来到属于我们的爱巢。

我知道，从此值得我去爱的地方还有很多很多，也会有越来越多的神灵给予我无穷的爱和佑护。

一个心有远方的人，总会更容易活得轻盈与奔放，生命在憧憬和期待中往往会绽放出最美的光芒。远方，有爱，有佳人。

年轻的时候

冯世英

阳光炽烈，白杨树的叶子随风呼啦啦地拍打着，尘世的喧嚣一时间扑面而来。那时候，我们多年轻。

“你说，女人什么时候会变老？”在一阵静默中，她突然抬头笑着问我。我把目光投向窗外，摇了摇头。她的笑越发明显了，说：“是它想要变老的时候。”“它？”我有些疑惑。她这回没有笑，“是心啊！”她说，语气幽幽的。我知道，她一定是要开始讲一个传奇了。

她叫白茶，住我对门，比我大几岁，正在一家还算知名的报社实习。毕业两三年了还在实习期，工作辛苦却看不见希望。她养了一只狗，有事的时候便托我照看，就这样渐渐熟悉。

她的人和她的名字一样，乍看十分普通，相处之后，方能品出些韵味。

白茶和子明小学就认识了，算得上青梅竹马。两人是同桌，坐在教室的倒数几排。相貌平平、成绩平平的两个人，没有人会过多注意。他沉浸在自己的玻璃弹珠和“九阳神功”的世界里，她沉浸在自己跳皮筋和丢沙包的世界里，也都没有注意到对方。初中，两人同校不同班，见了面不过淡淡地打个招呼，笑一笑。到了高中，两人又成了同学，因为家住得近，两人便一起上学放学，渐渐地，他们成了彼此的唯一。

“你知道子明说他什么时候开始喜欢我的吗？”她笑着说，“子明说：‘那天学校办元旦晚会，你伴舞，穿了簇新的蓝底白花的裙子，末了散场后，你一个人在角落里照镜子，有淡淡的惊喜和慌张。裙子极不合身。’”他说，那一刻他很想保护她。白茶说到这里抬起头来，依然笑着，眼里却有了泪花。

“那你呢，什么时候开始喜欢他的？”我问她。白茶说，那时她家附近新开了一家书店，她找到了一本自己很喜欢的书，每到星期天就会去读。有一天下午他突然来了，她用余光看到他在书架间徘徊了一会儿，又把目光转向正在坐着读书的人，突然向她走来。“原来在你这儿。”他笑着说。她忙抬头：“你在找这本书？”他笑着点头。她莞尔：“你也喜欢这本书？”他便又点头。迟疑了一会儿，他在她身边坐了下来，低头去看她看到了什么地方，她便看到了他浓密的睫毛。他突然抬起头来，笑着问她：“我刚好也差不多看到这个地方，一起看好不好？”他的口气像个小孩，让她无法拒绝。她点头，觉得耳根很烫。“那天阳光很好，”白茶说，“不是像今天这样热辣直白的阳光，那天的阳光浓得像一杯化开的蜂蜜水，泼得满屋都是。”她就是从那时候开始喜欢他的。

后来，两人考上了不同的大学，她学文，他学理，都有自己的抱负和追求，觉得距离也许是保鲜剂。他们隔了大半个中国，坐火车要几天几夜才能相见，便只好煲电话粥。电话里她总是倾诉，他在那头不时安慰她几句。初时她没有觉得什么，但渐渐地她开始厌烦。感冒了，“多喝水”；累了，“注意休息”。永远是这样。她好想听到他说“我在你楼下”“我陪你逛街”，哪怕是逗她开心也好。有一天，她和室友吵架了，看着街上的男孩子抱着女朋友，女孩子将脸贴在男朋友的胸前，她打电话给他，说：“你抱我一下。”他说：“我现在很忙，论文明天就要交了，没事我先挂电话了，拜拜啊。”那边挂了电话，她一下子哭出声来。后来他在聊天软件上发了一个“抱抱”的表情过来。

异地恋就是要不断忍受不痛不痒的感觉和行为，并逐渐成为习惯，像温吞水，像鸡肋。她赌气不理他，整整一个月不接他的电话。后来他坐火车过来，一见面就给了她一个大大的拥抱，她沉迷在那个拥抱里。他走了，她怅然若失。无论如何，她原谅了他。

这样的争吵后来又发生了几次，子明不再每次都来哄她，两人常常一晾就是几个月，但末了终究还是放不下。他还来过她的城市几次，她也去过他的城市。

她慢慢地习惯了她难受时子明总不在身边。她也痛苦地发现，她和他的见面越来越没有惊喜，她觉得子明也是如此。毕竟每次需要对方安慰时，对方都不在身边。再见面时的安慰，多少有点儿像过了保质期的食品，不是滋味。有一次，子明在电话里向她抱怨自己过得如何辛苦，她安慰他，他的声音突然低了下去，说某某的女朋友对某某有多好，熬粥做饭照顾他。她笑着说："那你也去找一个这样的女朋友啊。"电话那头突然陷入长久的沉默。她疑心他挂了电话，然而并没有，她便也沉默了，终于说了一句"再见"，挂了电话。她知道，故事要结束了。

她和他又见了一次，是毕业以后的事了。看到他神色平静的样子，白茶就知道，有什么要断了。那条系在两人之间的带子，正被秋风吹得摇摇摆摆，扯得人心疼。两人都觉得该忙事业了，都在忙着找工作，感情的事似乎可以以后再说。于是两人议定和平分手。

分手时正是秋高气爽的季节，子明突然惊奇地说："白茶，你看，天怎么那么高，那么蓝！"他没有叫她"茶"，带子终于断了。她便也抬头看天，天多么高，多么蓝，他们却无话可说了。属于他们的传奇落幕了。

白茶说她也不知道这段感情败给了什么，时间、距离，还是被时间和距离放大的琐碎小事。他们从来都不是众人眼中的焦点，他们是从石头底下长出来的两朵野花，在漫长的岁月里活成了彼此的风景。在见到了更大的世界后，两人给彼此的温暖就不知该如何放置。

白茶笑着说：“所以你看，每次恋爱后心就会老，‘渐渐不相信童话’，是这样说的吗？”她笑得有些怆然，“心不愿意老，然而为了保护自己，为了让伤口好起来，所以才想要变老，变厚，变得不再像年轻时那样易感。”我们都沉默了。

屋里有些闷热，我们起身站在阳台上。不远处的中学放学了，一个男生和一个女生骑着单车呼啸而过，都穿着蓝色的校服。白茶感慨：“多年轻啊！”我抬起头，阳光炽烈，白杨树的叶子随风呼啦啦地拍打着，尘世的喧嚣一时间扑面而来。“是啊。”我说。

那时候，我们多年轻。

八字这劳什子

黎继新

那些年我们彼此是刀刃也是伤口，我劫持着自己的未来与母亲对峙，直到母亲不再谈八字。

母亲常说，我跟她那女婿的八字不合，所以，我的婚姻生活注定是苦的，有算命先生的话为证。

那天，本来与小初爸约好下午一起回娘家，可是上午与他吵了一架。回过头来想，也不知道吵了些什么，反正就是我想占上风，小初爸没有让我。

我便赌气一个人先回了娘家。

母亲见我一个人回来，十分诧异，问道："小初爸呢？怎么没有同你一起来？"

"他有事。"我闷闷地回了句，不甚高兴。

母亲十分心细，便问："怎么了？你们吵架了？"

"没有。"

"没有？那为什么不高兴？"

我沉默着没有出声。母亲见问不出什么，便叹息说："你们的八字是不合的。早给你们合了八字，你偏不信，非要嫁给他，你看，弄得这样的结果，三天两头受气。"

母亲又谈起她的八字经。

我还很小的时候，母亲就请算命先生为我算了一卦。

算命先生说："终身感情不顺。"

我这一生，一直与八字这东西做着斗争。我是读过十年书的人，是相信科学的人。我对母亲信八字这事嗤之以鼻的同时，也觉得理所当然，毕竟，她没有读过书。

因为这样，我的婚事被耽误了。我看上的，母亲说八字不合；母亲说八字合的，我又看不上。

那个人是我在图书馆认识的，长得好看，而且会写诗。

我不懂诗，但觉得会写诗的男人内心有浩瀚的宇宙，深邃悠远，足够我翻山越岭，跋涉一生。

我带他回去见母亲。

母亲说："他长得倒很标致，像一粒豆子般。"其他未置可否，却去找算命先生给我们合了八字。

我爱他的文采，也爱母亲口中他的标致，对他一往情深。相比较我，他倒冷静许多，我不主动联系他，他便不联系我。我觉得他很男人，满眼满心地崇拜。

算命先生说我们八字不合，如果两个人在一起，我这一辈子将备受折磨。母亲固执地让我们分手。

我暴躁地说："什么鬼八字，那是迷信。"

母亲说："八字是真的，是老祖先流传下来的规矩和经验。"我觉得无法说动固执的母亲，便提出与母亲断绝关系。

母亲啪的一声挂了电话。之后，母女互不联系。一个月后，家里人突然给我打来电话，说母亲病倒了，因为我的事情。

我的内心忽然充满了罪恶感，意识到自己犯了不孝这一滔天大罪，坐立难安。打电话回去，向母亲求和，但母亲就是不接电话，只让哥哥姐姐给我传话："与其将来看着小妹被那个人折磨死，不如现在就让我死。"

忽觉母亲口中的八字，是王母娘娘手中的银钗，是我与那个人之间没有鹊桥的银河。我无法逾越。

于是，我打电话给那个人，提及母亲口里的八字带给我的困扰。他淡淡地说："那你想怎么样吧。"

我犹犹豫豫地提到了分手，他没有犹豫，说："随便。"

那夜我喝了许多酒，吐得翻天覆地，胃疼得死去活来。拨了22通电话，他终于接了，我请求他来看我。他冷冷地说："自己打120吧，我又不是医生，去了有什么用？"然后，他把我的号码拉入了黑名单。

终于遂了母亲的愿。

母亲得知，好欢喜，后来才想起问我："你还好吗？"

我道："不劳您费心。"我对八字这劳什子充满了愤怒和哀伤。

从此，我索性不相亲，也不谈恋爱，一晃就到了26岁，成了“大龄未婚女青年”。母亲着急了，逢人就说“我家小妹嫁不掉了”，还四处托人为我做媒，却从未成功。对此母亲十分生气，却又无可奈何，叹息道：“算命先生果然算得准。”

那些年我们彼此是刀刃也是伤口，我劫持着自己的未来与母亲对峙，直到母亲不再谈八字。

小初爸也是母亲托媒人寻来的，他没见着我，先见了准丈母娘。他俩一合计，就把我们相亲的日子定了下来。没有了八字的阻拦，我与小初爸终于顺利地结了婚。

不知道从什么时候起，母亲又开始谈起了她的八字经。

我笑道：“什么八字，人家骗你钱的。”

“哪有！是真的很准。”母亲极力维护着她的“真理”，“你看你们不是老吵嘴吗？”

其实与小初爸吵嘴，常常是吵过之后，很快就想不起为什么要吵了。比如这次，在回娘家的路上，气已经消了大半。

母亲这样一说，我忍不住笑了起来：“算命先生当然说什么都对了，好坏参半，喜的说了，霉的说了，不喜不霉的也说了，什么都说全了，他哪有说不对的。再说，夫妻俩哪有不吵嘴的，不吵嘴才不正常。”

“一个人的年龄一般人肯定是说不准的，可我看到他算别人爷爷奶奶、曾爷爷曾奶奶的年龄，算得准得很。”母亲突然像个孩子似的与我争执起来。

“他们是一起的，合起伙来骗你。”

“你说得也有道理。算命先生鬼魂附身时，我问他是谁，他说是我爹，我就问他我的年龄，他说忘记了。我说：‘你自己女儿的年龄，你都不记得了？’他说年龄大了，很容易忘记事情。我当时想着他也许是骗人的，但没有想到合伙骗人这一层。”

我笑道：“还爹，他骂了你你都不知道哩。”

母亲也笑起来：“那有好多人，都叫他爹啊，爷爷啊，奶奶啊的。”

“那死骗子，骗了大家的钱，还要骂大家。”我乐不可支。

母亲笑道：“讲不过你。”

下午，小初爸带着孩子来了，母亲黑着脸，小初爸轻轻地叫了声：“妈。”

母亲把他狠狠地训了一顿，小初爸默不出声，低头认罪。

等母亲训完后，他脱掉外衣，抡起斧子把母亲屋子周围的柴火全部劈了一遍。劈了一半时，小初爸的头上已经冒起热腾腾的汗气，他撸起袖子一擦。母亲的脸色缓和了许多，打来热水，投了块热毛巾递给小初爸，像递给自己的儿子一样。

小初爸说："谢谢妈。"

"娘崽俩，还谢什么。"母亲抢白了他一句，小初爸挠挠头不好意思地笑了。

劈完柴，已经是傍晚了，因为我们还有重要的事情要办，所以得赶回去。

小初爸习惯性地一手抱着孩子，一手接过我手中的包。路过积水的、坑坑洼洼的地面时，小初爸会伸过一只手拉我一下。多少年了，他一直有这个习惯。

母亲看着我们离去。我回过头，看到母亲沟壑纵横的脸上有难掩的笑意，是幸福、放心的笑。

母亲常念的八字经，这时放在了肚子里。当我跟小初爸再吵嘴时，它会再次出现在母亲的口中。

而我竟不知道从什么时候开始，对于母亲唠叨八字这事，不再深恶痛绝，而是付诸一笑。母亲也不知道从什么时候开始，竟容忍我批判她笃信的八字，承认我说得"有道理"。我不知道，是什么改变了我们。

即使后来的后来，我与小初爸最终一别两宽，面对母亲日夜叨念的八字经，我也无任何芥蒂。我会笑着说"是的是的"，或者说"骗人的啊"。

而母亲，还会时常为我物色对象。每次有目标，第一件事就是去为我合八字，并且提醒我我们八字合不合。但母亲不会再像以前那样，把八字化成王母手中的银钗。

我想，大概生命里某种更重要的东西，终于被我们看见了。

那个喜欢我的男孩

闫晗

我也悄悄喜欢过别人，他们都在我心里的博物馆里陈列着，永远是少年模样。

小学四年级刚开始时，我转学了。所幸，那一年附近几个村子的学生也刚刚合并过来，大家都在适应新环境，并不是只有我一个外来者。

我妈妈在这所学校教书，我成绩还不错，同学们对我也都很友好，那时我主持节目、参加演讲，自信满满，在学校里属于风云人物。也是在那个时候，我第一次被人悄悄地喜欢着。

喜欢我的人，是我的同桌杨飞。他是从外地转学过来的，黝黑的皮肤里透着一点儿红，头发长而凌乱，小小年纪发际线就比较靠后，长相显老，眼神里有一种莫名的狠劲儿。也许是因为焦虑，做作业的时候他总喜欢啃手指甲，把指甲啃得怪模怪样。他成绩不好，但看上去似乎又挺勤奋，能按时完成作业，也不贪玩，是老师、家长都说不出什么的那种不聪明但刻苦的孩子。

杨飞每天都很早到学校，班长若还没来开门，他就等在教室门口，两只手插在口袋里倚着墙面无表情地站着。后来，班长索性把钥匙交给了他，那一年就一直由他开门。

那时大家都爱看武侠剧，还会在课间讨论剧情。有一天看《神雕侠侣》，演到小龙女被欧阳锋点了穴那一段，镜头一转，小龙女裸露着肩膀躺在那里，身上铺满了五颜六色的鲜花。杨飞突然说起这段情节，然后问："小龙女为啥满身都是花呢？"和爸妈一起看电视时，遇到这种情节我都很沉默，一脸既看不懂也不好奇的样子。杨飞的话让我有种被冒犯的感觉，就没接他的话茬。

某天早上，我发现我的桌洞里多了一些东西。第一次是一袋山楂糕，我当时觉得莫名其妙，拎出来大声问："这是谁的呀？"无人应答。我甚至在跟班主任聊天儿时，还讲了这件怪事，她调侃说："是不是有人要给我送礼，错送给你啦！"

后来又出现了一枚银圆，带着土锈。那阵子，我常常跟同学谈论古钱币，因为堂哥在搞收藏，我就把家里的纪念币之类的都换给了他。我拈起那枚银圆，感受到一丝诡异，不过我没有声张，把银圆放回了桌洞里。过了好几天，我发现它还在。堂哥说，对着真银圆吹口气再放到耳边听，会有嗡嗡的声音，我试了试，这枚并没有。

有一天，我跟同学说起那枚假银圆，旁边的杨飞突然笑了："确实是假的。我爸被人骗了，买了好几个，我拿给了你一个，你拿着玩儿吧。"

我愣住了，装作恍然大悟的样子说："原来是你放到我桌洞里的啊！”我心里有些不安，没有继续追问，暗自猜想那山楂糕也是他放的。

杨飞有一阵生病请假，一连好几个星期都没来上学。有一天课外活动时，大家正埋头写作业，他突然出现在教室门口，并不进来，而是喊我的名字。我还没反应过来，第一排的男生就不客气地问他：“你要干啥？”杨飞的眼睛微微发红，甩出一句：“关你什么事？”我怕气氛变得更尴尬，赶紧走出教室。他后退了一步，倚在走廊的窗台上，然后变戏法似的从背后拿出两样东西来——一个巴掌大的小本子和一个拳头大的小蛋糕。

杨飞把蛋糕和本子递给我，轻咬着嘴唇说：“今天你过生日吧？”我“哦”了一声，有些惊讶和尴尬，又有些喜悦。他说：“我回去了。”我木木地站着，心想：在外面站太久，大家会议论的。于是赶忙把东西揣进口袋，若无其事地回到教室。果然有人问杨飞来干啥，我回道：“借笔记。”

虽然那时我才上小学四年级，但已经模糊地懂得很多，能够感觉出我对他来说有点儿特别。我也隐约地对班上帅气的体育委员有好感，不过仅仅是愿意跟他说笑而已，并不深情。当看到他对一个成绩不好的女生露出鄙夷的神色时，我立刻就不喜欢他了。那时，喜欢是一件太简单的事情，任何拥有某一稀缺属性的人都会被很多人偷偷喜欢，好看的、成绩好的、有特长的……这喜欢是易碎的。

老师不在的自习课上，教室里总是吵吵嚷嚷的，大家释放着隐藏起来的旺盛精力。某节自习课，杨飞在纸上写了两个字，“我”和“你”，他问我这两个字中间可以加个什么动词。我哈哈笑了，说：“有很多啊，我打你，我骂你，我嫌你……”他也笑了，没再多说什么。

调换座位之后，我就没再关注过他，然后小学毕业、搬家。后来，我再也没有见过杨飞，也没听到过关于他的消息。

回想起他，我心里的感觉很奇妙。他是第一个偷偷记住我的生日，并送礼物给我的男生；当其他男生还只会用攻击和欺负别人的方式来引起女生的注意时，他已经会用友好的方式来表达喜欢了。

后来，我理解了杨飞的感受，因为我也悄悄喜欢过别人，他们都在我心里的博物馆里陈列着，永远是少年模样。

所以，谢谢你心里曾盛放过当年的我，谢谢你喜欢过我。

爱的八个礼仪

闫绅

在你出现之前，这个世界扑朔迷离，可你一出现，一切全变成了道具。

心动

心动的理由是找不到的，一切源自“恰好”。恰好这天爱神在天空值班，他轻轻地射出一支金箭，于是，两颗心一下子被揪动了，两双眼睛里住进了太阳的光芒。

玫瑰

玫瑰红了起来，它是离爱情最近的花朵。

一个人抱着一棵树走到一个女子的家门口，他要把树栽到她家的院子里，他说：“直到三级的小风把树像轿子一样抬走，我才会不爱你。”

这时候我想到了玫瑰，铺满埃及艳后卧室的玫瑰，油画里的玫瑰。

玫瑰的花语是，我爱你。

信

耳语的温柔抵不过信的浪漫，话语会随风而去，写在纸上的誓言却会散发历久弥新的芳香。北极的冬天极冷，因纽特人就是把十条毯子挂在窗子上，屋里也有寒意；但如果把信糊在窗棂上，屋里便不冷了。

很多胆小鬼怕写信，他们嘴上说着爱呀爱的，但他们不敢写下来，他们怕被捉住把柄。

吻

从前，有一个人对另一个人动了心，他献了玫瑰，写了信，许了愿，发了誓，他要和她在一起。

“怎样才能知道她也爱我呢？”

有一天，他看到了她，他还看到了一只蜻蜓，看到了一只小鹿，看到了阳光斜斜地射下来，在她脸上变成了五线谱，他猛地扑了上去——于是，吻被发明出来。

它的意思是，在一起。

浪漫

从前，有一对恋人失散了，他在去找她的路上遇到了一座山，男人用手一指，山移到了海里。

从前，有一个男人爱上了一个女人，但过了不久，女人逝去了。可男人依然深爱着女人，怎么办呢？于是，他创造了天堂，这样，他们就可以在那里相遇了。

一切奇迹都可能发生，因为他们是热恋中的人。

信誓

这个世界是通过我，为你而生的。

在你出现之前，这个世界扑朔迷离，可你一出现，一切全变成了道具——地球为迎接你的诞生已经存在了亿万年，道路为迎接你的诞生已经铺就了几千年，瓜果、粮食被亿万人尝过是可口的，才呈献到你的面前。

你越贫贱，越富贵；越普通，越卓越。你的缺点是用来作践那些不懂爱的人的。你是千千万万朵玫瑰里最特别的一朵，你是全世界独一无二的花儿。

我通过你，找到爱。

祈祷

祈祷我把爱你的语言藏在字典里，藏在那些懂得爱情的赤子的口中，藏在世上所有感人的爱情故事的细节中，藏在天地、一切活物的启示中……

有你，我不敬别的神。可如果敬别的神能使你幸福，那我情愿。

我甘愿负起你这一生的困厄、痛楚。

我祈祷此生此世和你在一起。

感谢

谢谢你。

谢谢你让我遇见你。

谢谢你让我通过你看到全世界，并热爱这个世界。

谢谢你让我喜欢上喜欢你的我。

没有被求过婚的人

马叟

假如那个人不是对的人，对方的爱情越执着、直白、充满英雄主义，越是一场持久的、不堪其扰的麻烦。

在美剧《生活大爆炸》的某一集里，理论物理学家“谢耳朵”向神经生物学家艾米求婚了。时光倒流回十年前，这部剧刚开始播的时候，谁能想象这位怪癖的集大成者会拿着一枚戒指跪在一个女人面前，就算退上一万步，这个场面也应该有奇怪的金属制成的戒指之类符合他“人设”的元素。

但完全没有。“谢耳朵”像所有他鄙视过的学应用物理、化学、生物，甚至没有博士学位的男人一样，选了一枚钻石戒指，而且单膝跪地求婚了。

我有一个朋友跟“谢耳朵”是校友。去年夏天我们和他吃饭时，他正准备向女朋友求婚，他一本正经地说：“求婚不都要跪吗？”

后来，他用这个方法求婚成功。有一次，我们在群里笑话他，他严肃地问：“为什么这是一个槽点？根据英国著名八卦报纸《每日邮报》报道，每五个女人中就有一个对丈夫的求婚极其不满意，最常出现的原因是‘钻石太小’或‘他没有下跪’。”我们帮他总结了一下，他单膝跪地求婚是获得《每日邮报》支持的。

三毛在《闹学记》里写过一篇《求婚》，开篇她问父亲当年是怎么向母亲求婚的——

“我没有向她求婚。”爸爸说。

“那她怎么知道你要娶她？”

“要订婚就知道了嘛！”

“那你怎么告诉她要订婚？”

“我没有讲过，从来没有讲过。”

“不讲怎么订？”

“大人会安排呀！”爸爸说。

“可是你们是文明的，你们看电影、散步，都有。大人不在旁边。”

“总而言之，没有向她求婚，我平生没有向人求过婚。”

“那她怎么知道呢？”

“反正没有求过。好啦！”

我看了这篇文章，就去问我妈：“我爸当年是怎么向你求婚的呢？”我妈居然也回答：“没有被求过婚。”

我又问了我的两个姨娘，她们统统回答没有被求过婚。

我觉得这件事实在是让人匪夷所思。结婚到底是要有个日期的，如果没有人求婚，谁知道哪天去领证结婚？这完全不符合逻辑。

于是我暗下决心，等我以后结婚时，对方一定要求婚，这样等我的女儿问我时，我就可以大大方方地说："那个时候，你爸爸他……"

一晃好多年过去了，下个周末，我和先生又要去吃牛肉粉，庆祝结婚11周年。数字慢慢变大，但又没有到50年那种可以大书一笔的程度，其实相当没有成就感，仿佛只是在提醒我们已经在中年危机里泥足深陷。

这些年我也被很多人问过是怎样被求婚的，最近的一次，就是"谢耳朵"的校友找我们出谋划策如何求婚的时候。谁能想到有一天，我居然也会回答说："他没有求过。"

但这竟然是真的。我也曾细细回想，在2005年的夏天，我们是怎样决定结婚的，又是怎样商定在2006年的春天举办婚礼的呢？

然而真的想不起来。我只记得当时自己在东方新天地的某栋楼里实习，有一天下午坐在楼下的咖啡店里给他打电话，打着打着就决定要结婚了。这样想来，真是和发短信分手一样草率啊。

稀里糊涂地结婚后，我也曾有些懊恼为什么当年没有要他正式求婚。说来好笑，这懊恼一多半来自于这样一个想法——如果有一天女儿问起爸爸是怎么求婚的，我要怎么回答。她父亲的浪漫细胞稀少，如果没有带一点儿惊吓的元素，人家是不肯的。纪念日送花这种事，人家觉得没意思，偏要等到我做律所实习生的第一天往我的办公室送花，结果收发室查询后发现系统里没有这个人，于是在所有楼层广播找人，让我立刻爆得大名。

不过浪漫这件事，有时候也确实因人而异。有一次我路过世贸天阶，恰逢有人求婚——大屏幕上女方的名字晶莹闪烁，屏幕下人群向两个人汇拢去，只见其中一人缓缓下跪，另一人惊喜地捂住嘴。

而远处的我起了一身鸡皮疙瘩，庆幸我先生不是这种表演型人才。我平生最怕被陌生人关注，如果我是这个画面里的女主角，大概会立刻落荒而逃。

作为一个文艺女青年，我多多少少还是有点儿羡慕那些充满惊喜的、玫瑰色的人生。小时候，每个姑娘大概都幻想过有人为自己“风露立中宵”，可要到长大了才能明白，假如那个人不是对的人，对方的爱情越执着、直白、充满英雄主义，越是一场持久的、不堪其扰的麻烦。

匹夫匹妇

陈蔚文

夫妻俩随和，和上海面店风格清冷的夫妻不同，他们脸上整日挂着笑，有种"笑迎八方客"的喜庆。

一

老两口在这个菜场卖了好几年菜。他们肩并肩站在摊位后，手上择着菜或剥着各种时令豆子。他们摊上的菜特别干净、水灵，不论芹菜还是香椿，都摆放得让人赏心悦目，相较其他菜摊显得简直有些文艺——菜场是吵吵嚷嚷、生机充溢且有些粗鲁的，多数菜摊上胡乱堆着菜，地上散落着老菜帮、黄菜叶，老两口的摊子从没有这样。他们的摊位是靠窗的一个独立摊位，不和其他摊位连着，择下的菜叶、垃圾放在一个筐里，连那只筐也是平头正脸的。

老两口生意不算好，“干净”在菜场来说意味着比其他摊位更高的价格，通常主妇们更愿意买堆码得看上去就像清仓抛售的菜。但这么多年，老两口就这么守着摊，他们的衣着也和他们卖的菜一样，利落、清爽。老头儿的花白头发理得短短的，老太太一头短发一丝不乱，衣襟上会根据时令别一对白兰花或一朵栀子。

他们让我想起Ins上的那对韩国情侣，他们秀恩爱的方式是每天穿情侣装，把自己打扮得漂漂亮亮，然后站在同一个地方，把这些穿情侣装的和其他甜蜜的日常用照片的方式记录下来——年轻且时尚的恩爱。

那对菜摊上的老夫妻，在人声嘈杂的菜场，一起出摊，一块儿收摊，每日肩并肩地边择菜剥豆，边聊闲话——这也是一种恩爱，《诗经》里“执子之手，与子偕老”的古老恩爱。

二

“上海面店”开了几十年，店主是对肤色白净的夫妻，加工各类面制品，碱水面、饺子皮、馄饨皮、春卷皮……我搬到这条路上住时，他们的店就在，据说夫妻俩是当年从上海下放的知青。两个人都有些严肃，不大与顾客攀谈，碰到上海老乡来买东西，才会用上海话热闹地聊上一会儿。

前些年，面店中午也营业，妻子在一张竹制躺椅上午休，丈夫照看生意，如有人来买东西，丈夫就把声音压得很低，有时只用手势表示，这时就算有上海同乡来，丈夫也不聊天。

他们有分工，丈夫轧面、切面，妻子负责码放、过秤，两个人配合默契。店里没生意时，夫妻俩用上海话聊天，两个人讲话时的表情就一点也不严肃了，放松、体己，有一种外人进不去的默契。两个人穿一样的蓝布工作服，戴一顶白帽，如同情侣装，虽沾一身面粉，看上去还是整洁，是那种南方人的细致，小店也清清爽爽。

从去年起，店里每天中午必挂出休息的牌子，下午三点开门，顾客突然意识到——这小店开了这么多年，夫妻俩也都老了，要回去午休才能支撑下午的营业。

再后来，店里雇了个年轻人，一个敦实的小伙子，把轧面、切面等体力活接过去，再后来又来了位敦实的女人，小伙子的妻子。春节后，这对年轻夫妻接手了上海夫妻的店。

年轻夫妻手脚勤快麻利，有一次，两个女顾客来买烧卖皮，一边讨论怎么包，小伙子从冰箱里取出妻子包的烧卖给她们看，烧卖捏得有模有样，开口的地方像花苞。女顾客赞扬道："包得蛮像样，怎么做的？"小伙子有一点儿不好意思，更多的是自豪，他说："不知道呢，是她包的。"

夫妻俩随和，和上海面店风格清冷的夫妻不同，他们脸上整日挂着笑，有种"笑迎八方客"的喜庆。喜庆中，有种齐心协力把日子过好的劲头。

中午男店主休息，仍在那把竹制老躺椅上，女店主招呼来客，有顾客瞥见男店主在午休，声音压低了点儿。

"没事，吵不醒！火车都拖不走他！"黑皮肤的女店主笑起来挺俊俏。

三

院里的门卫老夫妻都七十几了，两人一般瘦，长相颇像，似乎是长期生活在一起形成的。门卫室很小，五斗橱上的电视从早到晚放着养生节目，门卫老头儿忙于根据专家的指示制作各种有食疗作用的食物，比如黑豆浸醋，把芝麻粉和核桃粉搅和在一块，小门房里常充盈着各种香气。

除了养生食疗，老头儿每天一大早还要风雨无阻地做一套健身操，拍肩打膝，顿足晃臂，赫然有声。

有时晚上去门卫室拿快递，准能看到他在用药包泡脚。老太太对养生没这么上心，既不做健身操，也不泡脚，有邻居与她开玩笑："你也不学学你老头子，看他多惜命！"老太太也只笑笑。她话不多，脾气比老头儿温和。

老头儿脾气不好，和住户时有摩擦。有时住户去门卫室取快递，嘟哝说没翻着，老头儿的声调就急躁起来："房间本来就小，成天这么多快递堆着，下脚的地方都没了！"

一间这么小而杂乱的门卫室，却不妨碍老头儿不折不扣地讲究养生。每日做饭，他用一只小电饭煲，计好量，不吃剩饭剩菜。饭后大概八九点，老头儿要吃点什么膏、什么粉之类。有次我去取件快递，听见有个与他相熟的邻居老头儿调侃他："成天吃这些玩意儿也不嫌烦，准备活一百岁呀！"

"一百岁可不敢想！活得比我老太婆久就行啦，我走了谁管她？"老头儿粗声大气。

门卫室昏黄的灯光里，我一下愣住了，想起之前有邻居说，老头儿比老太太要年长些，大八岁还是十岁？记不得了。还想起老头儿老太太似有一个不争气的儿子，离异，惹出不少麻烦……每逢年节，老两口都在门卫室过，外面鞭炮惊天动地，门卫室如常，那台电视仍旧播放着健康类节目。

四

每回去父母家吃饭，餐桌上总是吵吵闹闹，为空调的温度，为菜的咸淡，为父亲酒杯斟的深浅，为哪句话不是事实……任何一件小事都可成为父母吵闹的由头。有时一方火大，作势离桌，我和先生还要赶紧劝解——这不是桩好干的活，要不偏不倚，以免得罪了另一方。

"你爸妈真有意思……"先生说。他的潜台词是，我父母性格相互这么拧巴，怎么就凑成了一对儿，还一过就快50年。

先生的父母是完全不同的类型，他母亲在世时，与他父亲少有争执，即便哪一方闹起脾气来，另一方总会少说几句让着，因此家里总是气氛和谐。

唉，比起“别人家的父母”，我的父母多年来可谓是“活到老，吵到老”。

可同时，他们的吵闹中还穿插着如下细节——

父亲常来我这儿，带点楼顶种的菜或一些给我儿子乎乎做的吃食，但他从不在我这儿吃饭，因为要赶回去给我妈做饭。尤其这几年，母亲身体越来越糟糕，腿脚都不大灵便，一应事情都是我爸照料，包括买菜做饭、递水煎药，冬日里母亲胳膊举不起来，脱件毛衣都得我爸帮忙。

母亲是长女，底下弟妹一群，有碰上喜事需要送个祝福或境况不顺需要送个温暖的，都由父亲代办。七十几岁的人，骑个电动车风风火火，给这家捎些东西，给那家送点问候。逢母亲的弟弟、妹妹携家眷来家，父亲必热情地让人留下吃饭，下厨整出一桌子菜。

外婆沉疴不起的那段日子，父亲如儿子般参与照料陪护，直到把老人送走。每年清明节，父亲不辞辛苦，乘车四五个小时回母亲的老家为外公、外婆上山祭扫。

日复一日，他俩在吵吵嚷嚷中度过。吵嚷并不妨碍日子的运转——简直像吵嚷是日子必要的润滑剂一般。父亲也经常有被气得不行的时候，有时我们都替他打抱不平，怂恿父亲发次火，以压压母亲的气焰，可父亲很快就自我劝慰："算了，你妈身体不好，我懒得跟她计较！"

倒是我妈还好意思来向我们告我爸的状，我和姐姐对她说："知足吧，妈，你可是找了世上最好的男人！"

我妈先是不服，然后呢，不情愿地接受了这个说法。

你的情史藏在你吃过的食物里

寇研

假若你站在某个节点回望前尘，便会发现，每一口食物，每一次爱过，每一次心碎，其实都不曾浪费。

在方便面里加火腿肠、西红柿、黄瓜片，最后撒上翠绿的小葱，将一碗本来意在将就的方便面装扮得“高大上”，俨然一顿严肃的正餐，这是十几岁时，我初恋男友教我的。在此之前，我吃方便面多是简单粗暴地泡，或者将面饼揉碎，把调料撒进去，躺在床上当消夜吃。

几年后，我与男友分手了，但用这种方法煮方便面的习惯一直保留了下来。本着“吃货”的一颗矫情的心，我会用一只漂亮的玻璃碗盛方便面，西红柿与黄瓜片互相映衬，红绿搭配，煞是好看，让人分外有食欲。

原生家庭的饮食习惯通常会形成一个人最初的饮食结构，就像一个段子里说的——知道为什么小时候家里大人老说自己挑食了，因为家长买菜时只挑他们自己喜欢吃的。多么痛的领悟！比如号称“国民菜”的西红柿炒鸡蛋，在人们心中有超高的接受度，但我在20岁之前却从没吃过。原因很简单，我妈不爱吃西红柿，嫌它酸，她会做韭菜炒鸡蛋、辣椒炒鸡蛋，但从来不用西红柿炒蛋。尽管后来在外上学吃食堂，有很多次与西红柿炒鸡蛋照面的机会，我都无视，因为老妈瞧见西红柿就撇

林深时见鹿，
海蓝时见鲸，
梦醒时见你。

下 雨 天 我 为 你 撑 伞 。

最浪漫的事，
是与你执手，慢慢变老。

嘴的神情已经成功给我种了蛊，让我觉得西红柿炒鸡蛋根本就不是一道正经的菜。

直到有一次和当时的男友出去吃饭，他溜了菜单一眼，点了一道西红柿炒鸡蛋，那是第一次有人在我面前点这道菜。我至今还记得当时餐馆的摆设、他坐在我对面的样子，以及我心里的委屈——“呃，你就给我吃这个？”酸酸甜甜的西红柿，金黄的炒鸡蛋，第一次吃和以后许多次吃，也没有特别喜欢，但就如“国民菜”本身的定位，重在简单方便，在不知道吃什么或者没什么菜的时候，往往就是自然而然的选择。从此，西红柿进入了我的食谱，帮我对付过许多“吃什么”的迷茫时刻，而且，将菜里的汤汁拌进米饭，不得不说，还是挺美味的。

我爸不吃鱼，他嫌麻烦，所以我们家从不吃鱼。记得小时候，有人送了我家一条大熏鱼，一直挂在墙上没人碰，我每天偷偷割一点喂给我的猫，鱼都吃光了，也没人觉得有什么不对，也许在老爸老妈眼里，鱼本身就是扔在那里任它自行消失的。

于是，从前的我也几乎不吃鱼，每次点菜，我就只是眼巴巴地看着我心爱的回锅肉、红烧肉等。男友将菜单夺过去，就健康常识普及五分钟，然后按照自己的意思点各种做法的鱼。

一开始我是抗拒的，随鱼刺吐出来的往往是一大块鱼肉，筷子在盘子里随便捣着，脸上写满生无可恋。但渐渐地，我的忍耐度变高了，或者是为训练“偶尔总要做点自己不喜欢的事”，或者纯粹就是为了讨好对方，偶尔也主动提出“我们去吃鱼吧”。再后来，我发现清蒸的鱼配上姜丝、葱丝、酱油，有一种诱人的清鲜；鲫鱼豆腐汤也不错，浓稠、醇厚中还有一种筋道，像历经时间磨炼的情谊，冬天早上喝一碗出门，发现整个人都充满斗志。

鱼如是，其他海鲜如是，各种坚果亦如是。从前，我是没有耐心吃这些的，很年轻的时候我是个功利的吃货，我总吃那些容易饱肚又不麻烦的东西——这也是我的家庭传给我的，生于小生意人之家，我们一家人吃饭都是风风火火的，因为随时可能有人来找。独自生活很多年后，我渐渐也有了细致地吃点什么的爱好，比如八月吃新鲜核桃。趁看综艺节目的时间，慢条斯理地撕开核桃衣，一点点露出奶白色的核桃仁，丢进嘴里，享受那种盛夏阳光似的鲜甜脆香，再啜一口酒，我能这样吃两小时。吃于我，有时也可以是一种消遣。

年少乡下生活的不宽裕，造就了我单调、乏味的饮食结构。可即使这样，至今我心心念念的仍是简单的白菜炒腊肉。隆冬的傍晚，院子里寒风阵阵，我们躲在灶房，紧紧关上门。

灶膛里是红彤彤的火光，映亮了整堵墙，火炭旁的小酒壶煨着加了冰糖的白酒。房梁吊下来的竹竿上，挂着一排烟熏腊肉，那是我们整个冬天以及来年的脂肪来源。老妈割下一条肉，洗好切片，又使唤我去园里摘菜。此时屋外飘雪了，薄薄的雪覆在屋檐、桂花树和我的仙人球上，我拿着镰刀去菜园，选一棵最大个儿的白菜，拍掉菜上的细雪，从根部割断。这时，腊肉在铁锅里煎出的油香，在灶房回荡起来，白菜洗净，切了，倒进锅里，嗞啦一声，屋里一片响亮的油水迸溅的欢快。再一会儿，菜出锅了，为了省油，白菜总会被炒干，甚至有点儿焦，叶片卷着，但就是这焦香，让我迷恋了很多年，后来尝试去做，似乎永远也触不到记忆中的美味了。

从我人生最初的白菜炒腊肉，到火腿肠方便面、西红柿炒鸡蛋、鲫鱼豆腐汤，等等，年龄渐长，学着去吃、去接受的食物种类越来越多了，自己的食谱便一点一点丰富起来。想来就像一个人的人生，一开始是一张白纸，蠢而萌，且单调，慢慢地，有了故事，有过很开心，有过很伤心，而这些过往的经历，也如你吃过的西红柿炒鸡蛋，那些为你而死的鱼，经由一个特殊通道，一点一点渗透进肌肉、骨血里，成为身体的一部分、生命的一部分。假若你站在某个节点回望前尘，便会发现，每一口食物，每一次爱过，每一次心碎，其实都不曾浪费。

一首甜美的短歌

张悦芊

他的出现让我意识到，离别是所有同行者的必然结局，但若因此畏首畏尾就太愚蠢了。

我的东欧之行始于一张不到二十欧元的廉价机票，从巴黎到华沙。

四月，春假的第二天，我拖着一只巨大的行李箱辗转来到巴黎，又搭顺风车来到郊外的机场。暮春时节，似乎整个欧洲都在下雨，但这并没有影响飞机上乘客的心情—在欧洲搭乘廉航仿佛坐公交车，永远都是吵吵嚷嚷的。

当窗外出现一片片绿意盎然的田野时，我意识到，波兰近在眼前。

一

前一天去青旅放行李的时候，一进门就看到一个小哥躺在床上，看他在玩手机我就没说话，朝他笑了下，继续低头收拾东西。

叠到第三件衣服时，小哥问道："你从哪里来呀？"

于是，本打算重温下《辛德勒的名单》的我，和小哥窝在青旅大厅的沙发上乱侃起来。

小哥名字里有个“Min”，所以当他问我他的名字用中文怎么说时，我敷衍地说：“就叫你小明吧。”他非常开心地把“小明”二字抄下来，然后发在了Facebook上。

小明在华沙上学，这学期来克拉科夫实习，找到房子前先在青旅过渡一下。他是个很厉害的程序员，现在在微软的X-box实习。虽然小明今年才大二，但已经做出两款在GooglePlay上架的游戏了。后来，我和朋友们分享他做的游戏，一群人沉迷于这个类似“开心消消乐”的游戏无法自拔。

我们天南海北地聊，聊到午夜，考虑到明早他要上班、我要去玩，于是决定去睡觉。

小明的床铺正对着我的，我看他上床后还在发信息，正打算翻身睡去，手机开始震动。

小明发信息说：“‘我喜欢你’用中文怎么讲啊？”

我回复：“我喜欢你。”

小明发来一个又蠢又大的笑脸表情，还有一句从谷歌翻译软件上复制来的：“我也是。”

不知怎么的，那晚我睡得很甜。

二

第二天我送小明到车站，他说下班后要带我四处逛逛，我说好，然后从老城广场出发，四处溜达。前一天我经过了一所名为雅盖隆的大学，校园里人来人往，但非常安静，有好看的红墙和对称的拱形圆柱。

于是，今天我再次来到这里，并走进学校内部的博物馆一览其详。博物馆的顶部画了蓝天白云，一层长廊上的壁画，笔触看起来很稚嫩，但和阴天的灯光在一起相得益彰。

逛完一圈走出校园时下起雨来，我躲在学校外面的屋檐下避雨。忽然，手机连着震了好多下，拿出来一看，是小明发来的。他问："晚上去哪里找你？"我想了想说："就在'大头'那里吧。"

这并不是什么黑话，而是我唯一能叫上名字的地标——没错，那时候我还没记住圣玛利亚教堂的名字，也不能大概说出来某个广场，唯有前一天导游说到的"BigHead"记忆深刻。

那个"大头"似乎是某位克拉科夫先锋艺术家的作品，被安置在克拉科夫市中心的广场上。小明说："好啊，我五点半下班，六点的时候我们在'大头'那里见吧。"

雨小了一些，我赶往约定的地点。路上，我忽然想到，这样老派的、定好时间地点的见面方式已经很久没有过了，大约只在初中没有手机的时候会这样口头约定，再后来都是靠微信实时定位。

路过一家陶瓷店，里面零零散散摆着许多小玩意儿，我挑了两只杯子，又看到一只蓝色的小鱼挂件，打算买下来送给小明。送这个礼物给小明是因为昨天聊天儿的时候说起我的记忆力不太好，而中国有个说法是金鱼只有七秒的记忆。

他说："啊，那你是真的很像鱼。"

我在旅途中时常遇到不同的人，有的活泼健谈，整个旅程都在说话；有的沉默寡言，其实内心有趣、生活丰富多彩。他们给我的感觉，无一例外都是稍纵即逝的。年少时不懂萍水相逢就该微笑作别，总对一些注定要分别的人念念不忘。

没有人教我该如何辨别注定只是嬉笑一场、明朝就离去的人和一生知己，只是这样不愿松手而狼狈挣扎的时刻多了，就慢慢习惯将新遇到的人都假定为他们即将离开。

但我依然隐隐期待那些类似灵魂撞击的相遇里，能有一些持续得久一点儿的羁绊。

即使是健忘的我，也还是想让不那么健忘的你，多记得我一些啊。

小明看到我拿出小鱼挂件时有点儿纳闷，我稍加提示，他便高兴地反应过来，非常亲热地推了我一把。我被他推得往后退了几步，咧咧嘴，心想：“他要是会中文，应该要说几句‘厉害了’吧。”天色尚早，我问他：“你要带我去哪里逛啊？”

他脸上闪过一丝得意、神秘又期待的神色，用右手牵起我，然后用左手指指天说：“哪里都不去，我们向上走。”

我并不知道，“大头”后面窄窄高高的塔是可以爬上去的。

顺着十分狭窄而陡峭的楼梯攀爬上去，每一层都有不同的展示内容——这里仿佛是一个纵向的博物馆。

到了塔的顶端，景色一下子开阔起来。

我向来喜欢登高，喜欢站在高处俯瞰城市，俯瞰万家灯火明明灭灭，汇成蜿蜒的长河。但在真正俯瞰克拉科夫时，我还是惊叹了一下：“这就是我用整整两天走过的城市啊！”我几乎路过了它所有的建筑，走过了所有的街道，在飘着雨的清晨、午后和傍晚，仰望它的恢宏、精致或奇幻，而今天我站在云端俯瞰这座城市，换个角度，它们依然这么美。

三

我就这样趴在窗前拍照，探头探脑，又发了很久的呆之后，忽然发现小明也一直没有说话，只是看着我。我有点儿不好意思，又不想显得太刻意，于是搜肠刮肚地想出一个有关波兰的话题打破尴尬：“你读过辛波斯卡吗？”

他摇摇头：“好像听说过这个名字，她有什么有名的诗吗？”我想了想：“有一首《企图》我很喜欢。”

我从包里掏出日记本，翻到前几页。大学的时候收到友人赠予的一本《辛波斯卡诗集》，很喜欢这首，就抄在了日记本里。

我绞尽脑汁逐行翻译给他听：

哦，甜美的短歌，你真爱嘲弄我

因为我即便爬上了山丘，也无法

如玫瑰般盛开

只有玫瑰才能盛开如玫瑰，别的不能。那毋庸置疑

我企图生出枝叶，长成树丛

我屏住呼吸——为求更快蜕化成形——

等候自己开放成玫瑰

甜美的短歌，你对我真是无情

我的躯体独一无二，无可变动

我来到这里，彻彻底底，只有一次

我们在塔顶聊天儿合影的时候，小明和我说了很多过去和未来的事情，谈到了他的上一任女朋友、爸妈的职业，甚至还有大一的平均分，畅想了关于未来的职业、生活和他想用自己的力量改变一些现状的坚持。我一直在想，这些话要是别人说出来，我一定早就在心里默默吐槽了。他为什么这样傻、这样天真，为什么要告诉我这些啊？而我竟然每一句都听了进去，并且都给了“好棒”“很好啊”之类的正面反馈。我们说了很多对未来的畅想，最后当我们走到塔楼入口处时，他忽然看着我的眼睛说：“以后的生活，要是你在就好了。”那时，我刚好翻译到《企图》的最后一句：“我来到这里，彻彻底底，只有一次。”我开始艰难地向他解释我现在的想法，断断续续说了很多我也不知道他听没听懂的句子。我说：“小明同学啊，我当然喜欢你了，我喜欢你半夜聊天儿时还给我泡茶、拿饼干，我喜欢你做的游戏和满屏我看不懂的代码，我也喜欢你对未来的畅想，尽管已经很久没人跟我说过这些话了。可是我们只是萍水相逢啊！明天一早我就要去布拉格了，我们可能再也不会见面了。”他听着我讲，没有说话，忽然靠近我，轻轻地吻了我的额头。我没看他，转过脸，吻了他的唇。后来他说：

“我以为你那么说，是在拒绝我。”

我说：“可能是吧，但我现在意识到，假如我因为明天要走就和你分开，我可能会后悔一辈子。”

四

第二天清晨，我依旧坐上去布拉格的汽车，开始了在捷克、匈牙利、斯洛伐克和意大利的旅程。回到法国之后，我们仍然每天聊天儿、一起远程看电影，为一些大大小小的事情咯咯笑个不停。五月的时候我本想去波兰看他，但突然身患恶疾，难以成行，遂没有再见。七月时知道他来年可能来天津做交换生，还帮他填了中英双语的留学生申请表，但他因为成绩不够好而落选，继续在华沙读书。

那时的我已经在北京。收到他的信息的时候，我心想：“要是你能来，多好啊！”

我们依然断断续续地联系着，在视频这端我看到他搬了新的公寓，也看见他在Facebook上发布了他的又一款游戏在GooglePlay上架的消息。前两天他和我说，准备和朋友一起搞一个创业项目，明年二三月可能要去硅谷。

我说：“好啊，到时候去看你。”

我后来想过很多次我在塔楼上读的那首诗，我觉得他没有改变我，我们只是在某个微妙的时刻达成了和解。

对于我们分别后所有的期待都是真的，但谁都没有被期待改变方向，也不为期待落空而过分失望。他的出现让我意识到，离别是所有同行者的必然结局，但若因此畏首畏尾就太愚蠢了。

你来到这里，只有一次，但这一次遇到的冒险、美好和爱，都是真实的，都值得为之疯狂。期待你——这件事本身，已经足够美好了。

我们认识一周年的时候，他发来一个视频请求，连通后他开始唱一首莫名其妙的歌。

我大概听到副歌才反应过来，他唱的是邓紫棋的《喜欢你》，而那些奇奇怪怪的歌词，是他学的蹩脚的粤语。

我一边听一边想，实在是太难听了。但回过神来时，我已泪流满面。

长大后，我失去了你

白云苍狗

我却偏偏要经过绵长的岁月，经过风雨飘摇，经过沧海桑田，阅尽千帆，才知道，历史的正确。

春天到了，我将一辆双人自行车推去修车铺打了气，车胎鼓鼓的，好像那年意气风发的青春。17年了，车子还完好，当年一同骑车的人却早已下落不明。

那年草长莺飞，我们相爱了。他大我8岁，对我很好，好到让我觉得自己在他面前永远可以颐指气使。那年我觉得自己成熟、非凡、与众不同，心里满满的都是公主梦、维特的烦恼、撒哈拉沙漠和不死的火烈鸟。

那个时候，我偏爱热闹，喜欢广交朋友，总觉得仗义走江湖是最酷的人生。我爱憎分明，常常因一些灰色现象义愤填膺，当面横加指责，精力和金钱也都消耗在和各式各样的人的交往中。

当年他对我说，他信奉“穷则独善其身，达则兼济天下”，在平凡时默默做好自己，在有能力时积极帮助有需要的人。我对此嗤之以鼻，觉得他迂腐、老古董，而且滑稽，我们之间仿佛横着世界第一大峡谷，代沟深到无法探底，鬼知道我怎么会爱上这样一个人。

很多年之后，我才知道，一个人的朋友的数量会在25岁到达顶峰，之后就会一路向下，到40岁时朋友的数量趋于稳定，更注重质量，并持续到暮年。

当我走过起伏的命运，回头望时，当年交往过的无数朋友都散落在岁月里，去向不明。那些当初为友谊付出的一切，都慢慢显得一文不值，没有资源支撑的朋友关系，终难延续，甚至在人生的低谷时，我被曾经看似亲密无间的朋友抛弃。

他曾一遍遍叮嘱我要早睡早起，按时吃早饭，多吃蔬菜少吃肉，中午尽量小憩一会儿，不要常常喝酒，多运动，要常和大自然接触，多穿让自己舒适的衣服和鞋子，要自律，勤勉可以是一种生活习惯……每次他像唐僧一般念叨的时候，我都一遍遍在心里说：神经病啊！

我黑白颠倒，日夜不休，要玩得爽，要大块吃肉大口喝酒，熬到实在坚持不住了才不舍地躺下，永远错过朝阳。那时的我觉得自己可潇洒了，活得可有年轻人的派头了，世界都是我的。

十几年过去了，我在新闻上看到他在北京，素颜给某艺术家当“男性力量与美”的形象展示，我惊讶得说不出话来，我妈看了之后感叹，他好像吃了长生不老的仙丹一般，一点儿都没有变！

而如今我每个月药比饭吃得还多，身体有一堆问题，全和生活习惯有关。道理都明白，却发现无论是早点儿睡觉还是少吃一顿，都是那么艰难。胖到上个二楼都气喘吁吁，明明小他8岁，却看起来像大了人家18岁。

那个时候的我月薪200多元，每个月家里会给我补贴700多元。我花钱大手大脚，潇洒得很，常常吆五喝六，请人吃饭、喝酒、唱歌。当时，700元可以买到我们当地一平方米商品房。

他那个时候和我说“华衣高帽，败家之兆”，劝我不要贪慕虚荣，迷信浮华；他说“吃不穷，穿不穷，算计不到就受穷”，劝我要勤俭节约，学会计划，平日留些储蓄以备不时之需；他劝我学习理财，因为“你不理财，财不理你”，平日里还是要忆苦思甜，谦虚谨慎，不要太张扬。

当时的我哪里听得了这些“混账话”？我满心想的都是：年轻就要轻狂，青春就要张扬，“月光”就是胆量。

十几年间，我几乎没有攒下什么钱，家里还真的遇到过“不时之需”，望着满屋子的物品，为自己的欲壑难填深深忏悔，真金白银都在日夜不歇的欲望中消失殆尽。别人买房、买车、热火朝天地创业时，我却深陷困苦拮据中，一度人生无望……

他的乒乓球打得特别好，几万人中曾经数一数二，他从来不进攻，是行云流水般的“兵来将挡，水来土掩”的太极打法，展示了以柔克刚的力量。他做人也是如此，对所有人都谦虚客气，笑意盈盈，又善解人意，总是勤快地鞍前马后，为他人端茶递水，心里有想法也只是做到心中有数，嘴上从来不逞能，不和人争辩，对老人尊敬照顾，对孩子和蔼可亲。

我常常觉得他就像个窝囊的长工，天天忙个没完没了，对人太客气，显得虚情假意，没有立场，不敢坚持真理，性格懦弱……总之，我对他的委曲求全、谨小慎微有些看不上。

这么多年，因为逞口舌之快，我没少受教训——咸吃萝卜淡操心的八卦，除了增加家庭矛盾外，几乎百害而无一益；不会示弱、争宠成性，凡事不愿意和解，让我和他人的交往变得越来越艰难。身心成长不同步是我的问题，也是很多“80后”的问题，我们貌似长大成人了，但是心里总觉得自己还是个孩子，总觉得自己无论是撒个娇，还是使个性子都会有人宠着、呵护着，会一如既往地爱着自己。而实际上，这个错觉像收紧的绳套，勒得我越来越难受。

这些年，我经历过很多事，现在想起他才明白：客气是一种修养，照顾他人是一种善良，不争辩是一种宽容，愿意默默付出是一种高尚。

让着你不是怕你，而是因为爱你。

他有哥哥姐姐，从小生活在物质不丰富却亲情饱满的家庭中，所以他对亲情格外看中，对孩子有着天然的渴望。他认为孩子是未来的希望，是家庭的纽带，是生命的延续。但是我的亲情掺杂利益。因为饱尝物质带来的快感和由此导致的亲情的淡漠，我对生孩子本能地抗拒，常常挂在嘴边的话是："没钱要什么孩子？！"

成长背景和价值观的不同，注定让我们在某些方面永远无法调和。他疑惑，从前吃不上饭，孩子们还是能活下来，如今一家一个孩子，生活都这么好了，为什么还一直强调物质不够？究竟是爱与呵护对孩子重要，还是物质对孩子重要？无解，我们分道扬镳。

现在，我有了自己的女儿，才明白作家朋友们说的，孩子胜过你所有的作品；我才能体会，对于孩子的渴望以及由此带来的幸福感、安全感、满足感、价值感……远远不是三言两语所能说得清的。

我还想要一个孩子，但我已经不知道自己能不能生了。

他当年说的都对，都是真心为我好。

我却偏偏要经过绵长的岁月，经过风雨飘摇，经过沧海桑田，阅尽千帆，才知道，历史的正确。长大后，我失去了你。真理永恒，爱期有限。

感谢岁月，让我怀念起你曾经给我苦口婆心上过的人生课程，让我在今后的旅途心中有光，眼前有路，梦里有爱。

早春

陈蔚文

春天并非一开始就是生机勃勃的，因为带着寒意才愈分明，像一段感情还未来得及展开就结束，才愈让人怀想。

在一个青花瓷画筒中装着十几卷画，其中有一张名为“春天”的水粉写生，有着静谧如《晚钟》的调子，画的下方是他名字的缩写Z。毕业那年夏天，我在师大的画室认识了Z，高挺且淳朴的一个男孩。他从一个小地方来，没有受过正统的美术训练，还未找到工作，在一些院校的画室游荡。Z画得很不错。他说他最喜欢的画家是法国的米勒，一个诺曼底半岛农民的孩子，一个在痛苦悲哀中寻找灵感的伟大画家。

Z比我小一两岁，年轻而敏感。每天晚上我们和一些画友都会聚在师大那间弥漫着油画颜料与调色油味道的画室里，一起唱齐秦的歌，Z总用好听的嗓音和着，一句都不错。

我们中画得最好性格最沉稳的是桦，她是我的学姐，她的父亲在师大工作，就住在师大对面的小区里。她年纪长我们一些，圆脸、大眼睛，对谁都和气有礼，我们也都很佩服她，无论是画技，还是性格。Z也总向她讨教画技，桦耐心地指导他，时不时还从家里带些吃的来给他。

有人开始开Z和桦的玩笑。当着桦的面不敢，她虽然和气，但有种不可冒犯的气场。而且桦也不喜欢别人拿这种事开玩笑，她曾告诉过我，她爱着一位以前学画时认识的师兄，从未告诉过他，后来他去了北京，断了联络。桦说，她常幻想有一天在北京的街道上突然邂逅他，那将是多么激动人心的时刻。7月的一天，我过生日，在画室我并未提起，晚上出来，走到湖边，Z似不经意地递过来一个东西，说:“给你。”借着路灯我看清了是一盒磁带，张国荣的，我曾说过非常喜欢他。我忽然有点儿别扭，看了眼Z，他说：“你看我干吗，又不是偷的，逛书店顺手买的，要不你请我吃刨冰？”

我想这只是巧合吧，他怎么会知道我的生日，可内心又希望他是记得的。空气闷热得像能拧出水来。

转眼至深秋，画室沉寂下来了。

也许是因为美院的高考已经结束，考上没考上的都去放松了。常来画室的一对恋人又刚刚分手，平日挺泼辣的一个女孩哀伤起来，让人觉得心情黯然。

画室开始传一个凄美的故事。说有一次，一个男生没去看学校晚上放的电影，独自在画室画画，他画的是一组玫瑰。正画着，忽然发现身旁有位白衣飘飘的清秀女孩，男生吓了一跳，不知她何时进来的，但也有些高兴，他同女孩搭话，可她不说话，只是站在那儿看他的画。

电影快散场时，女孩走了。男生遗憾又懊恼，想着还不知道她是哪个系的呢，正惆怅，忽然想到那女孩一袭白裙，可现在正是寒冬，立刻惊出一身冷汗。后来听同学聊天，说前几届有个美术系的女生因失恋跳楼了，那女孩的名字中有个“玫”字。这个故事突然就在画室传开了。除了女孩玫因失恋自杀是真的，其他应该都是虚构的，但在那个深秋，我们都愿意相信这个故事。画室只剩下不多的几个人，其中就有桦、Z和我。桦想出国深造，我是因为刚上班无聊，Z在一个厂区子弟小学找到了一份美术教师的工作，想再提高画技，有机会去考美院。他住在厂区小学的宿舍，离师大很远，骑车大概要40分钟。有一天晚上，我从画室出来，刚到校门口，看见Z骑在车上，一只脚点地，望着我笑。我一下慌乱起来，说：“你等桦啊，她马上就出来了。”我不知道自己为什么这样说，我明明知道他们之间只是姐弟般的友善。

Z的笑一下僵住了，我们推着车往前走。Z的手里拿了两听健力宝，他递了一听给我。我不停地找话说，都是些拉拉杂杂的废话，生怕一旦停顿，会有让人心跳加速的危险从空气中蹦出来，而我，尚未准备好。

为了不走冤枉路，我们把自行车提过了马路中间的隔栏。Z一只手就把我的车提了起来，像提了个空旅行袋般轻松。我嗅到他身上皮夹克的气味，他的身影在夜色中那么年轻，那么有力——这些在我日后的回忆中一遍遍被定格放大，而我当时只想着怎么逃避——我几乎不由分说地在拒绝他之前先拒绝了自己，矜持的本能胜过一切，生怕对方不知道自己无心，没想法，纯洁又凛然。

快骑到我家时，我像表明什么同时又假装无意地说：“你以后别来了，那么远，不方便。”我这么说，也许是希望他立即反对，又希望他用一种轻松的方式消融我的矜持，表示他会继续来，会继续一把将我的自行车拎起，放在隔栏那边。但他没吭声，只是将健力宝的拉环啪的一声拉开，一切静了下来。那个晚上以后，我再也没见过他。

过了几年，有一天，我突然想起了Z：他考上美院了吗，或者还在当美术老师？曾刻意屏蔽掉的许多事物，那一刻出现在眼前。那时候，我为什么不给他也不给自己一个机会呢？我急切的拒绝其实是隐含了一种心思，希望从他的坚决里得到更有力的证明，但我忽略了他的处境，忽略了他的骄傲与敏感。我查到了那个厂区子弟小学的电话，打了过去，铃声响了好一阵，一个声音粗哑的女人接了，我问她Z在不在，她说了什么我听不清。话筒干扰声很大，我又大声说了一遍，她说没这个人。电话断了，唯一能联系Z的线索断了。

我其实只是想问候他一声。那张题为“春天”的水粉画是

Z离开画室前我问他要的。有朋友说，那不像春天的写生。是的，画面上那座灰色的老桥和淡如轻烟的调子都隐藏着忧伤，可那才是真正的春天来临时的景象吧。米勒说："我所知道的最令人愉快的事物就是宁静与沉默。"春天并非一开始就是生机勃勃的，因为带着寒意才愈分明，像一段感情还未来得及展开就结束，才愈让人怀想。

后来，桦没有出国，而在北京定居。她大概没能在北京的街道邂逅师兄，因为听说她到北京后不久便结婚了，对方是外语学院的德语老师。

万物被你爱恋

谭雅尹

我所竭力逃离的一切——

不再抵抗。我们依次坐回身旁，彼此相认。

太阳消失在西山之后——

风景聚合，山丘变暗

你蹒跚而来。

我发现你，黑夜走出来的星

燃烧的肉身在上空低低飞行

寻求黑暗的意义。

我探出头

看暗处的色调被你擦亮

看时间变得缓慢而细腻，而你皮肤愈发光亮。

再没有什么能触动我

你所在的幽暗之处，仿佛是感动本身。

万物被你爱恋

我所竭力逃离的一切——

不再抵抗。我们依次坐回身旁，彼此相认。

大白师父

闫晗

人生太忙，以自己为半径画出的圆就是一个圈子，总有人退出，又有新人补入，小小的圆圈里依旧热热闹闹。

在“朋友圈”发了几张从超市买的无花果的图片，L发来微信：“徒弟，你馋无花果了？给个地址，我给你寄两箱。”

我顿觉受宠若惊。我们多年未见，近几年甚至没在网上聊过天了。

我和L是中学同学，他长得高大白胖，为人热情，多年来我一直管他叫“师父”。中学时同学之间叫名字嫌乏味，称呼总要显得更亲密无间或者别具一格才好，某个同学管另一个同学叫“姥爷”“妈妈”都不奇怪。

我叫L“师父”，是因为他文笔很好，写的作文富有幽默感，有钱钟书式的聪慧刻薄，令人耳目一新，在同学间广为流传。他不光文笔好，口才也不错，我们一起竞选过文学社的社长，他当选，我落败，对此我是服气的。至今依然记得他写过的一些句子，比如说宿舍一个男生的床单每到早上就揉成一团，扭成麻花，他写“似乎学会了小龙女的睡绳功夫”。

师父藏书很多，我向他借过好几本名著，有《安娜·卡列尼娜》《驴皮记》《邦斯舅舅》等。印象很深的是《基督山伯爵》，后来，每当看到这本书和由其改编的影视剧时，便会想起高二的暑假，阵阵蝉鸣中我吹着风扇，完全沉浸于紧张曲折的情节中，心被爱德蒙·堂泰斯的际遇牵动着，体味着人生的蛰伏、等待与希望。

年少时的阅读是如此快乐，而与志同道合的朋友交流则更令人愉快。记得是在清晨5点钟，跑操的队伍尚未到齐，我们站在教学楼前讨论着金庸小说里的人物，聊到兴头上，竟没发现班主任已经在暗淡的天光中悄然出现在我们身旁。

后来，我们在同一座城市上大学，有时会在QQ上交流一下学业和生活情况。因为他热心又有才华，所以一有事我总会想起他。某次，我给学校写流行音乐采访稿，便问他能不能帮我问一下男生们都喜欢听什么歌，他居然郑重地录了一盘磁带。

那盘磁带没让我失望，里面的故事极为动人。某个暗恋班花的男生在宿舍里反复听周杰伦的《开不了口》，直到泪流满面。流行音乐总能击中人心，成为难忘的回忆，是因为它常常和一些青涩的、有些冒傻气的青春故事交织在一起。岁月一去不复返，后来回想的时候会一边微笑，一边叹息。我写的采访稿最终没有被选用，当时觉得失落，觉得对不住他的那份郑重和那些青涩可爱的情怀。

当博客开始流行时，我们都在网上写了很多东西，还互相把对方的博客加入了友情链接。我的文章发在几个小网站上，后来服务器关闭，几年的记录和感受全都烟消云散。师父的博客依然存在，只是突然有一天，他清空了内容，只剩下一个名字。我一次次打开，刷新，却依然没有见到更新。

大学毕业后，他考上了家乡的公务员，回了老家。有一阵子，他谈的女朋友是我们初中时代的班花，这段恋情没有走到最后，原因不详。我们都变成了成年人，不再贸然倾诉或者询问，他的博客也关了，我不再了解他的近况。

人生太忙，以自己为半径画出的圆就是一个圈子，总有人退出，又有新人补入，小小的圆圈里依旧热热闹闹。走散的人彼此不再过问也不会孤独，因为必然会结识别的旅伴。大家朝着不同的方向前进，或许在下个路口会遇见，或许一别就遥遥无期，永远散掉了。

后来得知他结了婚，做了爸爸，稳妥而幸福，并不怎么热心跟同学联系。这大约是因为从前他太受欢迎，想要占用他的时间和精力的人过多，以至于应接不暇。也许他找到的平衡是，不再做大家的“大白”，现在要把更多的时间留给最亲密和最重要的人。

不过，我和许多人，大约都欠着他一句：谢谢，认识你，真是太荣幸了。

喜欢古龙的男人

孙旭阳

我们就这样在少年时光的尾巴里晃荡，
装作漫不经心间就能穿山越岭。

一

大巴抵达南阳汽车站，我在微信里命令“阿庆嫂”赶紧骑电动车来接我。他抱怨说：“你花5块钱打摩的就能到我这里，干吗要麻烦我？”我回：“既然你可以免费用，我干吗要多花5块钱？再说了，你的时间可一点儿都不值钱。”

他还是坚持不来，说是欠外边30多万没还，债主们正在大街上四处找他，他要敢骑电动车出来，有很大的可能车子被抢、人被打。这个理由很充分，我只好放过他。

“阿庆嫂”是个男的，得了这个绰号，是因为他的名字里有个“庆”字。

二

那是20年前，在穰县吴镇，穰县第五高级中学，我们这些正从少年迈入青年的农家子弟，活得就像校园内外的野草一样，对于外面的世界，我们知道得不多，精神和物质一样匮乏。那时我们看金庸和古龙，我们或许更喜欢看金庸，但更想做古龙。阿庆嫂就是个古龙迷。

和我一样，阿庆嫂也是中考的失败者。我们既没有考入中师、中专和重点高中，又不甘心揣着一张初中毕业证就出去打工，所以就来到了第五高级中学。五中收容了周边五六个乡镇的普通学生，让他们的人生看起来有了那么一点儿希望。高中三年，阿庆嫂都跟我同班，不过，我高一下学期开学才注意到他。那是个午后，我听到后排有人在骂他脑子有问题，我回过头，看到他双眼通红，似乎流了眼泪。骂他的人告诉我，阿庆嫂在读小说《年轮》，看到女主角被强奸了，他就哭了起来。

我顿时对阿庆嫂有了好感，他这么善良敏感，应该考县一高才对呀，咋也沦落到这里，跟一群俗人一起浪费时间。我问他借了《年轮》，又夺走了前排同学安培的收音机，把耳机线顺着袖筒拉到手里，以手扶耳，装作听讲的样子，其实在边看小说边听电台播放的音乐。那些天，电台每天会放十几遍任贤齐的《心太软》。

在五中，没多少勤奋学习的人，但大家都非常快乐。

因为都喜欢看小说而不是学习，我和阿庆嫂很快成了莫逆之交。高一下学期，要分文理科了，我问阿庆嫂："你想每天都很努力地学习吗？""当然不想了。""那跟我去文科班吧。”“好。”

进入文科班后，偏文科严重的我很快进入了“好学生”阶层。有一天，阿庆嫂闷闷不乐地说，他不想跟我玩了，省得老师说他带坏好学生。我说：“你别这么想，我会告诉老师，是我带坏了你。”

于是，我答应他，只要他想出去玩，我随时奉陪。有好几次，我都把刚刚发下来的测验试卷往抽斗里一塞，就跟着他跑到街上，逛小书店，打电子游戏，打台球，或者啥都不干，就坐到湍河岸边漫无边际地瞎扯。

小说照例是要看的。作为高中生，我们基本知道了哪些书才是金庸、古龙的原著，远离了那些“金庸新”和“古龙巨”写的作品。

阿庆嫂和我都更喜欢古龙，因为古龙小说里的豪侠高人大多没有家世，也少有师承，每次出场都自带电风扇和背景音乐，弄死三五个恶人比上趟厕所还简单。英雄们很少对女人做出承诺，却有大把的女人和崇拜者追随。这很适合自卑怯弱的农家少年。

古龙好酒，他笔下的英雄好酒。阿庆嫂也好酒，吴镇街上一块钱一瓶的金星啤酒，他一次可以喝四五瓶，喝完就大哭，说他的伤心事儿。他比我还穷，家里有妈妈和妹妹等着他建功立业。

有一次，他看到他妈妈一个人拉着单车，从松软的玉米地里往田埂上硬扯，他跪地号啕大哭，说一定要让妈妈在50岁之后过上富贵的生活。可是，他却不爱学习。在五中，认真学习似乎也只是某些人的特权。他们天资更好，更勤奋，他们更有资格好好学习。每一天，我们都在同一个食堂和宿舍里嬉笑打闹，脚下的路却好像通向不同的远方。

我们的宿舍是几间土坯房，每次下雨，老师总会打着手电来巡查，生怕房顶砸下来。有几个月，阿庆嫂在外面租了一间小屋，月租20块，他周末会喊我去住，我们一起瞎侃到凌晨，眼见着明天还要补课，就发誓，谁再说话谁是狗。然后，他说话了："我就是做狗，也要跟你说话。"

那时我很喜欢张爱玲，也推荐给他看。有一晚，我们一起到屋外小便，寒风吹得我们直发抖，他抬头望着天空说："张爱玲写的30年前的月亮，恐怕就是这样吧。"第一届"新概念作文大赛"作品集出版后，学校小书店里马上出现了盗版，一本10块钱，童叟无欺。我们俩凑了9块钱买了一本，拿到小屋里读了个通宵，最喜欢的作者是韩寒。阿庆嫂说："老孙，你说要是我们出生在大城市，是不是也能写出这样的文章？"

"可是，我们没有出生在大城市……"

有一段时间，他好像失恋了，借了一部单放机在小屋里听张宇的悲愤情歌，“你应该大声说拜拜，就算有眼泪流下来……”那时，他和一个很好看、很温婉的女生传绯闻，他死不承认。

因为绯闻，阿庆嫂差点死于非命。那个女生的一个仰慕者趁着没人，攥着一把匕首在宿舍里堵住他。“你别傻了。”阿庆嫂说，“我们没有谈……她不会喜欢我，也不会喜欢你，你却要来杀我，这不是扯淡吗？”

那孩子丢掉匕首，蹲在地上哭了起来。

我问阿庆嫂：“要是你真跟某某谈，别人拿把刀子逼你，你会退出吗？”“我不会，为一个女人死，比为其他的东西死，要好一点儿。”

他很容易哭。我们在校园外的小饭店吃饭，老板用VCD在店里放《英雄本色》。故事接近尾声，小马哥调转汽艇，杀回码头，最后壮烈牺牲。每次放到这里，阿庆嫂总是会哭。还有一天早晨，我泡了一茶缸方便面，刚吃了一半，他在后面捣我，说也想吃，被我拒绝。接着，我听见后边传来啜泣声，就把缸子递给他，他马上喝了一大口面汤，抬起头对旁边的人说：“看，我说老孙会给我吃吧。”

我们就这样在少年时光的尾巴里晃荡，装作漫不经心间就能穿山越岭。高三刚开学的晚自习上，实在无聊，他问我："我现在很想打双升，你想不想玩？"我们很快支起一个牌场。教学楼外二三十米，都能听到有人在喊"5""K"。这次娱乐活动，被班主任视作整个学校的耻辱。

那又如何？正如阿庆嫂所说，我们好好学习就能考上大学吗？五中已经有5年没有应届生能过线了。我们放荡，只是因为绝望。

高考前几天会放个短假，大家彻底疯狂了。我把所有的书本都卖了废品，也劝大家卖："难道你们还想复读吗？大不了我们一起下广州……"

阿庆嫂也卖了所有的书本。大家找了一家小酒馆聚餐，争着埋单，这可能是我们在那十几年里，最慷慨的时刻。

三

十几年后，阿庆嫂在南阳做建材生意，每日每夜都被"三角债"折磨着。在南阳的高中同学很多，大家经常聚在一起喝酒，有一次喝得太醉，阿庆嫂在马路牙子上磕断了两颗门牙。我让他补补，他说没钱，只有我给钱，他才会去补。

于是，我告诉他，其实这门牙不补也没什么大碍。

还有好几次，他发来信息，说全家几个月都没吃肉了，让我借给他点儿生活费。我说我从小吃素，30多年没吃过肉，不也好好的。我借过他好几次钱，他都没按时还，他不是耍赖的人，但他已经习惯了南阳生意场上轻诺寡信的空气，我不想被卷进去。

今年春节前，我从南阳车站摸到了阿庆嫂的店里，当时他喝多了，正想偷懒睡一会儿。这是个空前难过的春节，装修行业的人要么在讨债，要么在被讨债。他还有20多万欠款没要回来，自己也欠外边30多万。

这么多年，他北上郑州编过杂志，南下广东做过文案，从来没有发过财，更没有名震江湖，日子仿佛被裹进了一个窘迫的壳里，年近不惑，在四五线小城仍无房无车。记得10年前，刚买的自行车丢了，他在博客里写道："我宁愿老婆被偷，也不愿意自行车被偷……"

我很厌恶他抽烟，就悬赏5000块，鼓励他戒烟。他也曾答应过，但转头便翻脸："为了5000块就戒烟，你把我当什么人……"

他经常在酣醉中睡去，又在寒夜里猛然醒来。我寄给他的一本古龙散文集《笑红尘》，成为他的枕边良品。他老了，女儿的个头已经快赶上媳妇了。时不时，时间这玩意儿会让他突然很害怕。古龙已经越来越难以抚慰他的身心，他却渐渐嗅到了古龙生命的味道。

他和我都没有成为韩寒和古龙，更没有成为傅红雪与叶开。这世上并没有江湖，即使有，也与我们无关。

如云飘逝

陈学长

满天的星星跟着我走，四周的树影围着我转，平板车吱吱呀呀地响着。我躺在松软的麻袋上，听着，想着，渐渐就进入了梦乡。

我能爱上读书，多亏了小慧。

那一年，我念五年级，小慧转学来到我们班。班主任带她进班后，所有人都停止了写字或者打闹。她和我们很不一样，如同鲜花之于窗外乱草，有一种说不出的高贵。我一度怀疑她是北京人（当时的我，认为什么都是北京的最好）。老师安排我俩同桌后，整整一上午，我的屁股都没离开板凳，生怕一动弹吓跑了她。没过几天，我就喜欢上了她，我甚至想着将来让她做我的媳妇。她长得是那么好看，一张红扑扑的圆脸像秋天枝头的苹果，看了就想啃一口；她的声音是那么好听，如清晨窗外的鸟鸣，老师经常让她领唱《社会主义好》。可我又有点自卑，小慧吃商品粮，就连她用的草稿纸，都是她妈妈捎给她的带红杠杠的单据。她爸妈都在县城的纺织厂上班，她只是暂时跟着奶奶在农村过，她不是小麦、大豆、玉米，她是棉花，盛开后是要送到城里的纺织厂去的。

小慧来后，我变了个样儿。上课时正襟危坐，不再像以前，一会儿用铅笔捣捣雷莉，一会儿用橡皮砸砸胡强；为了表现自己，我把作业本上的字写得工工整整，以期得到老师的表扬；我让母亲给我缝了套袖，来遮住满是污垢的黑乎乎的袖口。我还经常没事生事，弄断笔芯找小慧借削笔刀，或者佯装不懂向她请教古诗的意思……

一天上午，小慧课桌上的阳光里多了一本书，名字已然忘记，只记得是一本作文选，封面很花，书的周围有一圈光晕，翻起来，哗啦啦地响，仿佛有亮光在教室里晃动。询问得知，这书是小慧的妈妈在城里给她买的。在皖北农村，20世纪80年代初，填饱肚子都成问题，哪儿能见到多少课外书？我念了四五年小学，除了课本外，读过的书只有连环画（小人书），且顶多五本，破破烂烂的，都是从当大队书记的三叔家要来的。要说还读过什么课外读物的话，就只有报纸了。每次开学发课本，我都要闹着父母去村主任家要几张《安徽日报》，裁剪折叠后用来包书皮。没事的时候，我就歪着脑瓜瞅着包书皮的报纸看，反反复复，直到报纸被我翻得不成样儿，如枯叶般从书上凋落。

我看连环画和报纸，主要是看插图和故事。事实上，我对读书提不起劲，语文书都懒得摸，成绩一塌糊涂。小慧的这本作文选，无疑让我倍感稀罕，借到手后，或许是爱屋及乌吧，翻起来也便格外地小心，只是用手指轻轻地翻，发现有灰尘，哪怕只有一点点，也赶紧用袖子轻轻拂去。我挑拣插图好看的两三篇文章囫囵吞枣地读过后，新鲜劲儿就没了，便心急火燎地还给小慧。说来奇怪，自己占着书时懒得去看，见小慧看时心又急得慌，在她身旁或身后不安地搓手、扭屁股，或者问起书中的故事。当小慧甩着马尾辫咿咿呀呀地念出声时，我再也按捺不住，像争夺食物的饿狼一样把书抢过来。小慧扁着嘴，委屈极了，我赶紧把书放在我俩中间，左手托着下巴，右手按住鼓起的书页，嬉皮笑脸地哄她一起看。

上课铃声响后，我俩的小脑袋依旧凑在一起，对语文老师进教室浑然不觉。语文老师是我们的班主任，头发都雪白了，还没从“民办”转为“公办”。或许是因为吃不上“商品粮”，他对吃商品粮的人似乎非常崇拜，天天给我们讲他们的好，比如薪水较高、可以接班，等等。不但是他，其他的老师、村民，以及我们这些不谙世事的孩童，都对穿蓝色工作服的人另眼相看。我蹭着看小慧的书，让班主任大为恼火，他用黑板擦敲敲讲桌，从老花镜后面射出两道寒光说：“你这个撸牛尾巴的孩子，看得懂城里人的书吗？蹭得那么香？”全班同学哄堂大笑，小慧红着脸把书塞进抽屉。我赶紧坐好，勾着头紧咬着下嘴唇一声不吭。中午放学后，班主任把我调到了最后一排。整个下午，我都坐在教室里发愣，老师讲的内容全然不知。放学回到家后，我坐在堂屋门槛上伤心地大哭了一场。我至今仍清晰地记得那天染满西天的落日和我满怀的悲伤。

为了能让老师刮目相看，亦为了能和小慧再坐在一起，我握紧拳头发誓：一定要把作文写好！二大爷家屋后的土墙上，有红漆刷着的“工业学大庆”的标语，我擦了擦鼻涕，找块石头在标语的下面用力写上了“作文学大庆”几个字。“大庆”是我的小名，现在想来，那时小小的我，是多么的霸气和不服输啊！我开始了一场战争，一场自己和自己的战争。我吵着让母亲买书。母亲没上过学，也没出过远门，对我的要求很困惑，说：“要作文书干啥？又不能当饭吃，几百里都买不到一本。再说，钱呢？”我又软磨硬泡地缠着父亲。父亲念过高中，但当时不兴高考，未能上大学。蹲在地上晒棉花的他听说我要买书后一下子就站了起来，容光焕发，笑呵呵地打量我许久，才说：“好好好，卖了棉花就买。”

卖棉花相当的辛苦，要赶到十几里以外乡上的供销社。头天晚上用麻袋装好，深更半夜就要上路。或许，父亲想让我知道买书的不易，出发时就带上了我。路上，父亲就着朦胧的月光给我讲“囊萤映雪”“悬梁刺股”的读书故事，满天的星星跟着我走，四周的树影围着我转，平板车吱吱呀呀地响着。我躺在松软的麻袋上，听着，想着，渐渐就进入了梦乡。

我醒时天还没大亮，供销社门前的队伍排成了长河，有的人还躺在平板车上打鼾。等到中午才轮到我们，父亲擦着满脸的汗水摇着手中的一小叠钞票说："看，挣点钱买本书多难啊！"

我和父亲找遍了整个乡镇，仅找到卖画和小人书的，没有作文书。我只好又把手伸向小慧。小慧对我真好，隔不了几日便能捎来一本新书。她说，只要她张口要书，她妈妈总会答应，她爸妈的工资都高。同样的，只要我闹着要吃零食，我母亲也总能想方设法地满足我。我不想白看小慧的书，便把要到的甜丝丝的蜜枣、香喷喷的花生等零食带给小慧。一场夹杂着感情的"生意"就这样做了下去。不到半年，小慧胖了许多，成绩没啥长进；我瘦了不少，作文却能得"优"了。

多年以后，双方的父母都知晓了真相。小慧的妈妈捶胸顿足："丫头憨死了，每一本书花的都是我的血汗钱，自己咋不知道看呢？"母亲亦感慨连连："乖儿子啊，蜜枣我生病都没舍得吃，花生是我深一脚浅一脚走了十几里地从你大姨家要来的！"

于我来说，作文书这东西如香烟一样，初尝几口有点苦，不想吸，吸久了就能上瘾。无数个夜晚，我坐在昏黄的煤油灯下，如饥似渴地读着借来的书。沿着文字变化无穷的组合排列，我走进了一个美好的世界，那里有田野、小河、树木、小鸟、太阳、月亮……虽然只有我一个人，但我一点也不孤独，我感到有很多人在未知的地方观望和关心着我，虽然我看不到他们，但能听到他们的声音，他们把我当作知己，和我分享着或酸或甜或苦或辣的故事。常常，我沉入其中无法自拔。有时夜深犯困，不自觉地一低头，头发靠近灯火，发出一股怪味，我这才苦笑着摇摇头，不情愿地钻进被窝。

或许，人有时需要点刺激才能进步，至少那时的我是如此。打我爱上读书后，成绩噌噌往上蹿，我的座位开始向前排移动。念初二的时候，我坐在了小慧的正后方。那天课间休息时，她回头告诉我，她要转学回城里了。我听后一愣，不知道说什么才好。那一刻，哀伤如冰凉的秋风，从四面八方一阵阵袭来，我的身体微微颤抖。我感到了我和她之间从未有过的距离。沉默了许久，小慧忽然挪了挪小板凳，反手晃动着一本装帧精美的书。我不敢确定她是想送给我还是无意的行为。我的心怦怦乱跳，脸涨得通红，但最终还是没勇气问一下，直到她收回。小慧回城的消息像一把利剑，在我和她之间劈开一条鸿沟，一向喜欢和小慧拉扯打闹的我，顿时竟变得这般胆小，时至今日，我都不知道她那天是什么意思。

小慧转走不到三个月，我收到她的来信，说以后还可以向她借书。最后，她问我是考中专还是继续苦读上高中，还分析说上中专“路近些”，若读了高中考不上大学，又拿不动锄头会很难走的。我回信说：“农村孩子一旦上了高中，哪有考不上大学的！”写下这句悲壮的话时，长久未流泪的我忽然泪湿眼眶，眼泪顺着脸颊，像蚯蚓般滑下，滴在蓝色的信笺上，像湖面上盛开的花朵。

一树花落一春尽

穿过流水

很多年前，我们以为相聚是件简单的事，轻而易举，不费吹灰之力。很多年后，我们终究没有再聚。

初春的傍晚，想去中学时的校园看看。站在教学楼下，周围是葱郁的树木。从操场的铁门向左、向右各走约15步的地方，曾栽有几棵很大的玉兰树。十几年前，玉兰花开的时候，隔着教室，就能闻到一阵阵的香气。风起的时候，一楼走廊的地面上，会散落很多白色的花瓣，偶尔也会有一两朵被吹到二楼来。说实话，少年时我对玉兰花完全无感，只是觉得花开时整个校园的线条，似乎变得柔和了许多。

十几年前，我读高一，教室在二楼。一楼是高三的教室。每到下课时，高三的同学喜欢在楼下打羽毛球，我和同桌则喜欢趴在栏杆上观战。其中有个女孩很醒目，高挑的身材搭配一头柔顺的长发，头发后常束着漂亮的蝴蝶结。第一次见到她时，学校广播里正放着王菲的歌："上帝在云端，只眨了一眨眼，最后眉一皱，头一点……"歌的前奏真好听，令人眼前忽然闪过一道晶莹的光。常和她打羽毛球的是个外形清俊的男生，风度翩翩。我一直觉得这种搭配很完美，很有偶像剧的意味。后来我知道，女孩叫晓瑾，男孩叫梁晨。

记得那是高一奥数比赛前，老师安排高三获过奖的人给我做课余辅导。梁晨作为上一届省奥数比赛一等奖的得主，便按照和老师的约定，下课后在一楼的走廊等我。我去找他时，他正低着头在习题集上勾画标注。他侧过头看了我一眼，说：“你来了，准备得怎么样了？”后来我又认识了晓瑾，晓瑾说她以前就知道我，因为学校的宣传橱窗里贴过我的作文。“梁晨上回说你写得真好。”她边说边捋了下头发，柔顺的发丝滑过“天鹅颈”，洒脱而灵动。

我们都很喜欢听CD和打游戏，熟络后，三个人常待在一起。课余时间除了学习，就是混迹于CD店和游戏厅。那时候没有网吧，游戏厅算是紧张学习之余的消遣了。学校运动会上，晓瑾参加400米接力赛，梁晨中途蹓出去，打车到肯德基买了加冰的橙汁和汉堡。赛前，他抹着一头的汗把东西递给我，说：“你帮我把这个送去更衣室给她。记得跟她说跑完再喝，喝了再跑会吐的，哈哈。另一份是给你的跑路费。”

寒假的时候，我们经常到晓瑾家写作业，彼时，我像一个1000瓦的电灯泡，在她家闪闪发光。晓瑾倒不这么认为，她觉得我的存在反而让家人不用太担心他们早恋的问题。但既然是灯泡，自然还是要有身为灯泡的觉悟，所以多数时间我都在客厅吃桃子、吃虾条、复习令我头疼的化学。偶尔找他们问题目，会看到晓瑾在看梁晨，有那么五六秒，她的目光完全定格在他的脸上。

他们的高考，平静、顺利。但遗憾的是，他们没有考到同一座城市。临走前，我们来到城里新开的一家咖啡馆吃散伙饭。不擅长面对离别场面的我，使劲吸着冰巧克力，吃下了一半的比萨和薯条。末了，梁晨很笃定地说："我们会经常见面的，毕竟我们的家都在这里。"晓瑾点点头。我"嗯"了一声，有点儿难过。

我高三时，得知他们分手的消息，是晓瑾写信告诉我的。梁晨觉得晓瑾太贪玩，不思学业，对新事物缺乏兴趣，两个人的共同语言越来越少；晓瑾觉得梁晨在新学校太受欢迎，和同系的一个女生走得太近。"他没解释，好像理应分手，可能这几年都是我一厢情愿。"晓瑾在信的末尾写道。五一的时候，她来我家找我，希望我帮她去后勤老师那儿拿学校仓库的钥匙，说要找一个很重要的本子。拿到钥匙后，整整一个上午，我陪着她在那个阴暗的仓库里，从旧书到旧卷子，仔细地翻找那个本子。最后，晓瑾找到了，是一本值日周记，上面有他们以前一起值日时记下的笔记，包括同学的出勤情况、教室的卫生情况。落款是他们两个人的名字。

五一结束，梁晨打电话到我家，提起他们已分手。我说："我知道。"他说："她是不是提了我们系的一个女生？我真不喜欢那一型。她想多了，那你……”我想到寻找值日周记的那个上午，无名火起：“我觉得你真是没事找事。”他在电话里稍稍停顿了一下便挂了，之后也很少再联系我。读大学后，梁晨曾打过一个电话到我家，告诉我一个歌手出了新碟。晓瑾去了新加坡，已经很少和中学同学联系，似乎想告别所有会勾起伤感回忆的人和事。渐渐地，我们彻底断了联系。我有很多次想告诉梁晨，晓瑾曾经那么费劲地去找过他们的值日周记，但这话该从何说起，说完又能如何呢？

在我读大一时，玉兰树被学校新任的教导主任勒令全部砍掉，理由是有利于风水。此后，我再也没有遇到过那么好的玉兰树，和弥漫着奇异香气的校园。

十几年过去，我遇到一位与梁晨相熟的中学校友。不久，梁晨让校友转告我，想加我的微信。我回复说不用了，这么多年没有联系过，算了。

很多人，相逢时是什么样的状态，最好相聚时也仍旧如此。我们共同经历过彼此的青春，那是一段充满香气的晴朗旅程，没有多少风雨和坎坷，也没有狗血和叛逆。如果中途有人走散，那么剩下的两人会变得莫名尴尬。看到一个人，就会想到另一个人，虽然她已离开，但在我心中她永远在场。很多年前，我们以为相聚是件简单的事，轻而易举，不费吹灰之力。

很多年后，我们终究没有再聚。

只是这个傍晚，我想回学校看看，即使那里已经没有玉兰树，但我记得就好。眼前的岁月如歌，过往的纯透至空，这就是最好的结局。

时光雕花刀

魏邙

时光是一把雕花刀，我们每个人都一样平凡生长。起初，这把刀很锋利，但我们渴望成长，所以任刀刃刺入骨血，仍能咬牙坚持。

我与高中最好的朋友，四年未见，却在今年七月中的一天，碰到她两次。

第一次，在街边小卖部的冷饮摊旁。我买了一根雪糕，给自己解暑；她也买了一根，给她儿子解馋。我们去附近的麦当劳叙旧。

她聊脚踏实地的生活，聊丈夫，聊孩子，聊婆家；我聊浮在天上的梦想，聊文字，聊音乐，聊情怀。以致最后，我们无话可说。

静下来，我才发现，她儿子小而圆的脸颊上都是番茄酱，一双眼黑亮黑亮的，水洗过一般，只瞅着我盘子里的汉堡。

我笑着推了过去。

他那双眼睛，和他妈妈的很像，高中时代那个天不怕地不怕的少女。突然想到些什么，我问她："你还记得那个'两情若是久长时，又岂在朝朝暮暮'事件吗？"她愣了一下，随即笑开："怎么会不记得？是'老班'用来警告那些不规矩、早恋的同学的。""我到现在都记得，你当时抢着回嘴：'一万年太久！只争朝夕！'全班同学笑成一片，连班主任都笑了。”她先是愣住，目光幽幽，仿佛正穿过尘封的岁月；然后嘴角慢慢溢出笑来，接着拍掌大笑，眼角闪着泪花。

周围的人都看了过来，我和她的孩子对视一眼，隐隐有些局促。离开时，她付了钱，她说：“毕竟你还在读书，好歹让我这个已经工作了的人大方一回。”

服务员找零时，她摆了摆手，没接，想来她现在过得不错。分别后，母亲打了一通电话，让我去菜市场买几个素包子。那是这一天中的第二次，我遇见她。正值日落，菜市场里人潮涌动，脚步声、叫卖声、交谈声、剁肉声、捞鱼声混在一处，沙沙地敲击着我的耳膜，有一种令人茫然的宏大感。我只听见这茫然的细部，有一个熟悉的声音。

是她。她守在一个菜摊前，长白袖罩，灰黑围裙，正拉着个拣菜的阿姨争论：“我们一点儿油水都捞不着的！不是我在乎这两毛钱，那些个菜农见天儿摸黑拉菜过来，也得让喝口水、抽根烟吧！是不是这个理儿？真不是我贪这两毛钱，就两毛钱，我图什么！哎哎哎！您可别掐我这菜根儿……”

我在远处，隐约望见她含糊地笑着。那笑，像是浸过水的红窗花，经日头一照，干巴巴地贴在脸上。卖素包子的就在她前面两个摊位，我却没有勇气再踏出一步。日头一闪，沉沉地落了下去。她不经意地往我这边一瞥，我立马蹲下，躲在一个摊子后面，泪水不由地流了出来。

当年那个在要求全校女生都剪短发的学校里，拼死护住自己一头靓丽乌发的小姑娘；当年那个在学习紧张得要命的高中时代，依然能在书堆里架个镜子照好半天的小姑娘；当年那个豪情万丈地说出“只争朝夕”的明媚鲜妍的小姑娘……与眼前这位形容枯槁、斤两必争的妇人，我竭力说服自己，她们是一个人。

原来，之前我一直装作看不见，哪怕刚见过一面，我也一直欺瞒自己说她过得很好。

高中时代，我们一起背李清照，解函数题，拎着饭盒去食堂打饭，去操场看男生打球，在树荫下憧憬未来，连上厕所都要一起。我们本有着最最一致的步调，却在高考过后，分散了。

我一直以为我们都在彼此看不见的地方结识了新的朋友，过着新的生活。我怕我的联系是一种打扰，我一直期待着完美的不期而遇。我固执地以为她和我一样，读大学、读研，或者有一份优裕的工作，我自以为是地想象着这一切。然而，生活总是在背后，出其不意，狭路相逢。

少女那双水灵乌黑的眸，已作麻黄。

我替她觉得委屈，想一把拉过她，拉着她跑过四年的匆匆岁月，回到恣意鲜明的高中时代。可是我没有，我躲在一个菜摊下哭，一堆土豆嘲笑着我。

时光是一把雕花刀，我们每个人都一样平凡生长。起初，这把刀很锋利，但我们渴望成长，所以任刀刃刺入骨血，仍能咬牙坚持。我们以为自己已经长成了最好的模样，可是，我们忘了，世上能说结束的事很少，时光推移，岁月的刃越来越钝，当年能承受住刺骨之痛的我们，却挨不了一刀一刀地细磨慢砺，所以我们宁愿推开这把刀，任自己荒凉生长。

或许，她比我更有直面生活的勇气。

而我，却永远地失去了她。

手艺人的小酒局

寇研

无比幸运的仍是，外面风大雨大，我们曾同坐一处，喝酒饮茶，看风看雨。

2010年9月一个细雨迷蒙的日子，我买了张机票，拎了一只包，来到西安。本打算回学校继续读书的，听了几堂课后，我骨子里不安分的“坏学生”因子被激发出来，然后是永久性缺课，继续捣鼓我的文字去了，但从此也就留在了这里。来西安的第四年，我组建了自己的一个小团队，我称之为“喝酒三人组”。

三个人第一次碰面，是在晗的服装工作室。她个子娇小，年过四十，脸上却没有这个年龄的女性常有的疲惫和焦虑。晗从小热爱缝纫，用她的话说，一辈子都侍弄针线，能靠一技之长在这个城市立足，是她一直的梦想。她做到了。

那一次，我们围坐在一张长方形的木桌周围，我对面的凌子，一面自如地喝着茶杯里的酒，一面与我们谈笑风生，根本不把高度的二锅头当回事。这使我这种平时总馋酒，可一喝烈酒就退缩的人，顿时对她无限崇拜起来。

喝酒的人自然知道，能不能一块儿喝酒，第一次酒局就能互相感知。第一次之后，我们三个人继续约酒似乎是自然而然的，有人负责带酒，有人负责准备下酒菜，似乎有一种久已存在的默契。

不久，凌子的瑜伽工作室完工，我们的约酒地点便转移到她会客用的榻榻米房间。凌子是一个性格温和又非常独立、有主见的陕西女孩，她本来是学机械的，在日本留学期间鬼使神差地迷上了瑜伽，从此开始疯狂研读相关书籍，四处拜师学艺，回国短暂休憩后便开办了瑜伽工作室。从刷墙到铺地板、量榻榻米尺寸、裁窗帘，都是自己一手拾掇，用她的话说，她就是喜欢做手工活，难得有机会实践一把。

记不清多少次了，我们仨各据一方，盘腿坐在矮桌前，就着茶和酒，就着花生米、蔬果沙拉和一些小零食，慢慢说话，慢慢喝酒，从日落之前，一直坐到夜灯初上。窗外，城市高楼隐身在霓虹灯的氤氲中，落地窗涌进丝绒般的夜色，房内光线逐渐暗淡，只有眼睛里有光在闪耀。等夜色再沉下去一些，凌子才会打开墙角的梨形落地灯。

有时窗外起风了，盛夏傍晚突然袭来的狂风，从高楼中间呼啸而过，雨滴击打着树冠，间或斜射在窗玻璃上，噼里啪啦，一阵热闹。我们偎着落地灯一点昏黄的光，看着窗外的树在风雨的裹挟中呈现各种妖娆的怪姿，静悄悄地不说话。说不上岁月静好，只是觉得无比幸运。晗做服装工作室，凌子开瑜伽工作室，我自由撰稿，三个手艺人各凭自己的一技之长谋生，一分耕耘，一分收获，终在这个城市立足，能在外面风大雨大的时候安坐室内，喝酒喝茶……

我们绝少喝醉，微醺即止，成年人的自制以及酒局结束打车安全回家的要求，都让我们适可而止。唯有一次例外，晗离婚了。20年的婚姻，积累了诸多的不满和不舍，最后走向分手，令人心痛。那晚我们都喝多了，各自拥着毯子，胡乱躺在榻榻米上。那是唯一一次，三个人越喝越沉默。算起来，三个人的年龄都不小了，都早过了所谓的“适婚”年龄，连最小的凌子也已过而立之年。人们总说人生无常，许多人一生的风光、低谷或重生，无不辗转于爱情与婚姻之中。

但又一次约酒时，我们谁也没有提这件事，不是刻意回避，而是那一阵感喟情绪过去，又实在不觉得男朋友、婚姻、家庭是一件那么重要、需要时刻拿出来讨论的大事。再说，那是你自己的事，不是吗？我们偶尔也会试探对方：“哦，上次我看见与你一起的那个男人……”“那位啊，只是普通朋友啦。”对话不过如此，被询问者想说就说，不说也不会有人追问，更不会有“我有一个朋友还不错，介绍给你”这样尴尬的提议。

我更中意这种成人间浓淡相宜的友情。也许中国人过日子就喜欢热闹，热衷于参与别人的生活，以朋友或闺密的身份全面介入对方的隐私，各种调查、各种建议、各种苦口婆心的劝阻，美其名曰“为朋友两肋插刀”，可其实不就是“七大姑八大姨”的城市版本吗？

大约这也是我分外喜欢待在这个陌生城市、分外享受我们三人小酒局的原因。我们随身携带着各自的职业印记，同时对彼此的技艺心存敬畏，因为我们知道，在现今的环境中，我们各自在为把结婚生子变成“人生的一个选项”而付出。我们不是单身贵族，但也不是悲惨的“单身汪”，更不是独身主义者，我们只是按照自己的心愿活着——努力工作，磨炼自己的手艺，过自己的小日子，喝自己的小酒。每个人都以自己的方式，探索人生诸多的可能性。

我毫不怀疑，有一天，我们中间有人会结婚，也许还会有孩子，那一定是她遇到了合适的人，而不是迫于某种压力。我也知道，我们的小酒局兴许在某一天会悄然终止，因为友情跟爱情一样，当节奏不能保持一致时，便会各自散去。但这正是人生的精彩之处，遇到，同行，渐行渐远，遇到新的人。

无比幸运的仍是，外面风大雨大，我们曾同坐一处，喝酒饮茶，看风看雨。然后酒局结束，各自打车回家，进门那一刻，发一条信息互相告知：已安全到家。

耤河边

铜豌豆

少年时常常与风一起浩荡，眼中一切永存，又怎能见证一条河的消失。

14岁那年，我从小县城来到一个中等城市，城里有一条河，叫牾河，“牾”发“西”音。几年前，我查过这个字，似乎除了作地名，再无其他解释。汉字中就是有一些这样的字，除了极少能够接触到那个地方的人，多数人压根儿没机会认识，这些字，就与那个地方一起，静静地偏居一隅，永远也不会有什么声势。

起初见到这条河的时候，它大概是字典上的气质，安静且与世无争。那是20世纪90年代初期，两三米宽的河面，有一定流量，从小城悠然穿过。因为是在城市里，尽管是小城市，但人流与车流还是湮没了河水本来不大的动静。看到河水流过的样子，常常有观看哑剧的感觉，或者像一个喃喃自语的老人，总之没什么声势。

但是，河两侧的堤坝，以及人为预留的河道，时时提醒着人们，莫忘它年轻时的辉煌。那河道有几十米宽，尽管河流只占了其中一小部分，但河两翼延伸到堤坝的距离，空出大片河床，河坝也有一米多高，这些往昔留下的印迹，暴露出人们对它的恐惧。在我的中学时代，那些地大部分空着，当人们观察到河流不再蓬勃，料定它难复鼎盛时的样子，于是在河床的空地上种起了菜，西红柿、茄子、辣椒，有人躬身耕作，有人步行路过，有人驻足打量，也有人偷点儿菜出来。菜地边有谈恋爱的，有打架的，也有喝酒的，一切都在河边发生。无论怎样，这些故事的发生都有一个相同的背景：人们不再留意，更不会害怕这条河。

这条老河，是这座老城的隐喻。说它老，首先是因为它有着极久远的来路，西汉建郡，算起来也是2000多年的历史，加之老城是人文始祖伏羲、“飞将军”李广的出生地，也是“诗圣”杜甫落魄疗伤的地方，当地人一张口常常能把视线拉回上千年以前，这样的视野和气度，在西北，除了陕西关中的一些地方，是能让绝大部分城市缄默的。说它老，还因为从20世纪90年代开始，它就有了衰败的迹象，计划经济时代小城里曾经盛极一时的国企纷纷没落，不少人选择离开，去更大的城市闯荡，更多的人因为小城温润的气候、迷人的风物以及难以割舍的家室留了下来，与那时的河大体一致，有生命却不怎么旺盛，守着曾经的辉煌缓慢地喘息。但也怡然自乐，买买菜，做做饭，在河边转转，看着城市不断拔地而起的新楼，操着老旧的方言，说着东家长西家短。有时，也有人背着手路过一座古建筑，或是一棵活了几百年的老槐树，与古人并无异样。

我把高中时代一把扔给这座城市，却抱定离开的想法，那时迫切地想到外地去，佩戴大学校徽光鲜地走在某个更大的城市里，然后，留在那里，不管做什么。于是，那时我对那条河常常熟视无睹，我们每天擦肩而过，彼此看一眼，然后大路朝天各走一边。它年复一年的悠然，我日复一日的匆忙。就在我的高中时代，那条暮气沉沉的河已被污染得面目全非，一些河段甚至有了黑绿色的样子，走近它，也是阵阵恶臭。河边的菜地越来越多，有一次，我看到几个少年在菜地里打架，扭作一团压倒了几株西红柿架，种菜的男人拿着铁锨赶来，少年们一哄而散，男人站在原地骂了半天，然后把掉在地上半熟的西红柿清理出来，一个个扔到河里。

听老人们讲，这条河在20世纪80年代曾经暴怒过，河水溢满几十米宽的河道，又漫过堤坝，涌入沿河的人家，人们纷纷跑到离它较远的地方躲起来。它曾经难以羁束，难以驾驭，像一匹脱缰的野马，如今，也难以抵御几个绿生生的西红柿。

终于到了高三，书山题海，生活清苦，但“少年不识愁滋味”是有道理的。苦是必经的苦，而乐是自找的乐，我和几个同学把抽烟解闷儿作为高三的娱乐项目。周六补课结束后，从一中大门骑自行车出来，飞速掠过街道，途经的青年南北路是一个大下坡，不用费力蹬车，风就能将衣角撩起，也能吹起蓬松的“富城头”，有阳光的时候，斑驳的树影从少年们身上滑过。

在河床上那个固定的地方，一盒凑钱买来的2元的红豆烟，一人两根，抽完回家，然后取下河堤上那块松动的砖头，把烟藏在里面。周周如此，除非下雨。两根烟燃尽，一周才算过完，挺着脖子又向高考这一刀前进了一步，有点儿悲壮，但也很男人，至少很成人。无非，这一切都发生在河边，不远处，那条老河苟延残喘地流淌着。

高考前一周，我们集齐了所有能叫来的弟兄，一排人骑着车，再次掠过青年南北路来到河边，大家买了5元钱的红梅烟，抽着烟看着那条老河，毕竟还有两三米宽的水，并没有谁认为它终将干涸。还有几天就是人生的头一次重大考验，少年们大体知道自己面临着怎样的境遇，有人说，以后还会来的吧；有人说，那也不一定了。

大一结束，复读的兄弟也考取了大学，一个傍晚，我又约了其中一个到河边抽烟的老地方，但终究没找见那块松动的砖头。后来，河渐渐成了现在的样子，人们在河道中截出一大段，经过注水成为一片湖，看上去十分蓬勃，游船往复，锦鲤争先恐后抢食游人投下的馒头渣，入夜，斑斓的灯火晃人眼睛。但是，头尾两端依然是没落与干涸，彻底失水而亡，那样鲜明，无法绕开。

少年时常常与风一起浩荡，眼中一切永存，又怎能见证一条河的消失。然而，消失毕竟发生，想来也是一阵风的工夫，却是蒲公英般飘摇的本质，四时恒定常会蒙蔽眼睛，告别每天都在发生，纪念却那样稀缺。

抽烟常去的河床终究成为湖底，不知道有没有一条鱼游经那块松动的砖头，只是，与少年时不同，眼下，我彻底失去了寻找砖头的资格。

就想和你聊聊天

林特特

我更愿意在某个时段，专程就一类情绪找朋友谈谈，没有目的，只为享受酣畅淋漓的交锋和被感染。

一

我最好的朋友是王娟。

大学时，我们形影不离，无话不谈。

在寝室，我们床挨着床，还把枕头搬到一起，只隔一道栏杆，这样方便晚上聊天。

熄灯后，我们把声音压得低低的，聊男生、“男神”，聊各自的家庭、认识的每个人、看过的每个句子。

夏天晚上热，我俩坐在走廊上聊。

那是大考前，我们拿着书本笔记，相互提问，提问的间隙，谈人生、八卦、专业。

昏黄的灯光下，我们在凳子边放两只水盆，水泥地需要冷水降温，而我们还时不时把毛巾浸在盆里，拧一把，擦汗。

下自习后，我们常去操场。一次，我们拿着一包糖炒栗子，边吃边围着操场转，说得口干，吃得舌燥，回去后，一杯接一杯地喝水，半夜，辗转反侧，四目相对：“真撑。”“是啊，真撑。”

那天，是王娟第一次做家教，而我们第一次探讨了教学。毕业前，我们铺一张席子在临近公园的草地上。

月亮慢慢升起，又大又圆，令人生畏。

草地上都是准毕业生，有人弹吉他，有人唱歌，有人表白，有人分手，许多人抱头痛哭。我们历数四年来最难忘的事儿，后来在草地上睡着了，醒来时，露水浸湿了裙边。毕业经年，我还珍藏着一沓信。

那是刚工作时，我和王娟的每周一叙。一度，我有事，随时给她电话。

第一次考研失败，电话里，我什么也没说，一直哭。她没吭声，但我知道，她一直在听。

毕业经年，我们只见过三次面。每次，都是我出差路过她所在的城市。

我们住宾馆，虽然她的家近在咫尺。我们把没见面的日子掰云片糕似的掰碎了谈，其实，她和我的生活已无交集，但我还是想和她分享所有。不知不觉，天黑了，天又大亮。

二

我有过一次网恋。

那时，我刚来北京，在一家小饭馆邂逅一位高中同学。

当天来去匆匆，我们只交换了电话和QQ号，之后的某一天，我们同时在线，才感叹“有缘”。

过去，我和同学几乎零交往，但此刻，异乡、故乡，旧识、新知，陌生中夹杂着熟悉，渐渐地，每天都要聊点儿什么成了习惯。

有时，安静的房间里，时针指向“2”或“3”，已是后半夜，只有我“嗒嗒嗒”的打字声。

有时，不说话，看着他黄色小熊的QQ头像亮起来，我便觉得心安。

我唯一等人短信等到失眠的经历，和他有关。

我们从来没有正式在一起，多年后，我忍不住问他：“那年夏天，是不是我的单恋？”

他回答：“如果是，我为什么一夜一夜和你聊天？”

他回忆起，他那时的室友，每到两点，若他还在电脑前，屋里有光，便从床上往床下扔字典，表达愤怒和抗议。

“我总是很惊慌，怕室友，也怕关机你不高兴。”

我哈哈大笑，如以前他随便说个笑话，我就捧哏般捧场。

我们终于从无话不谈到笑着话当年。

三

这几年，我总是走很远的路，专门去和一个人聊天。

也许是足够成熟，不再喜欢任何密不透风的亲密关系；也许是太忙，人际交往大多止于就事论事的沟通。我更愿意在某个时段，专程就一类情绪找朋友谈谈，没有目的，只为享受酣畅淋漓的交锋和被感染。

一位朋友，住在武汉。我的上上份工作和她有交集，如今，每年见一次，在她来北京参加行业订货会时。

城市大，我们总是约一个中间的地儿。

今年春天，我们在东直门一家饭店见面，她整晚都在说她的策划案。她的脸闪闪发光，我由衷觉得，一个始终从事自己热爱的工作的人，真美。

一位朋友，住在合肥。

她从前是我的编辑，后来，我们成了闺密。

每次回合肥，我们都要聊聊。

一次，她语重心长地告诉我，别写传奇，要把普通人、普通事写出人生况味。一段时间内，每当提笔，我都会想起她的话。

另一次，我们将身边的人与《红楼梦》中人相对比，最后，我说："我最想成为的人是贾母，旁观并统领全局。"她白我一眼："谁不想呢？"

笑罢散场，在大观园里转一圈，真是语言的狂欢，附带神游的畅快。

一位师长，离我40分钟车程，但我们几千个日子没见。

有一年过生日，我历数心愿，发现很久没有和他聊过，于是，辗转多人，找到他的电话。

在他的办公室，我们闲叙家常，包括我的这些年，像对他交代，对他过去的栽培交代，也像对自己，在合适的见证人的见证下，梳理，再出发。

出门那一刻，我忽然明白，我为什么渴望和他交谈。他是我的人生评委。

四

我每天都会聊天。

十年来，我固定的聊天伙伴是电脑。

或者说，电脑屏幕的另一端，我认为一定存在"理想的读者"。看见一道风景，听说一个故事，一个细节打动了我，我的耳边总有一个声音："写下来，说给他（她）听。"

说来奇怪，只有写下来，看到的、听到的、感受到的，仿佛才真实存在过。

像少女时代，我只有向最好的朋友报告过，才心安。

像热恋时，将一切有趣、有戏的放大，在语言中尽可能塑造完美的自己，只为对方喜欢。

每个清晨，我在办公桌前列计划。

每个夜晚，孩子睡着了，我拧开卧室书桌的灯，看那张写满计划的纸。

一桩桩事，标注着只有我能认识的“紧急”“重要”“次重要”的符号，把它们都做完，我便坦然，觉得生活清明有序。

这是我和稍不慎就晕头转向的自己聊天的方式。

有时，我读书。

有时，我给朋友们的“朋友圈”挨个儿点赞。

只和爱看电影的人谈电影，只和幽默的人说段子。

我们曾经不断说话，为了你是我的，我是你的，世界热闹。现在，我们维系沟通，尽可能不构成打扰，希望各自是各自的，世界远离无谓的聒噪。

遇到一个合适的聊天对象也越来越不容易了。

一个深夜，我忽然有倾诉欲，翻遍通讯录，却发现没有人可以聊聊。

我在黑暗里待着，直至看见地板上有张白纸，便走过去捡，可怎么也捡不起来。

我发现那不是白纸，而是一小片月光，心中一动，再看窗外那一轮满月，想起李白的诗："花间一壶酒，独酌无相亲。举杯邀明月，对影成三人。"

我仍在黑暗里待着，但像经历了一场高质量的聊天般愉悦。某个瞬间，你和遥远时空的伟大灵魂感受相似，你咀嚼他说过的话，给内心以撞击："醒时同交欢，醉后各分散。永结无情游，相期邈云汉。"

我喜欢这样的聊天。

18岁是天堂

扶南

生活逼着人来不及矫情，来不及细细思量，这中间我们各自恋爱、失恋，不停地面试，不停地失业，焦头烂额，谁也顾不上再听谁说废话。

作为音乐界的宠儿，朴树有太多脍炙人口的歌曲。人们唱《生如夏花》，唱《白桦林》，唱《那些花儿》，可是我最喜欢的却是那首NewBoy，就像朴树着急去往2000年一样，那个时候的我，特别渴望长大。学会了那么多新歌，直到很多年后遇见你的那天，还在唱着这首1999年的老歌。

也不知道还有没有机会给你展示我贴了整整两大本的和你写过的那些书信和纸条，那时候的我们，有许多秘密，也有许多烦恼。忘了你是我的第几任同桌了，你来插班的那天，顶着一头乱糟糟的头发，特别像迪克牛仔。恰好你又姓牛，所以后来的那些日子，我一直都叫你“迪克牛”。

你常常在数学课上给我写纸条。高三的日子慌乱又烦躁，你说你特别担心艺考的成绩，特别讨厌数学课，也不喜欢追求你的那些男孩子。后来我常常想，明明我们就肩并肩地坐着，靠得那么近，为什么还有那么多话要讲呢。18岁，真是一个心事多到讲不完的年龄。

你在校园广播站放这首歌，班里的同学追着你问这是什么歌，为什么从来没听过。我便觉得有些骄傲，好像这首歌就是我们之间的密码，谁也破解不了。那时候，每天的早自习，我都会唱这首歌给你听，你问我为什么歌词写得那么欢快，可是听起来却那么伤感呢，然后把头埋在英语书里哭了。

你的普通话说得超级好，我特别喜欢听你读课文，字正腔圆，沉稳大气，不像我们这些人带着浓浓的乡音，分不清“四”和“十”，越听越滑稽。暑假的时候，我住在你家，你的父母和我的父母一样都在南方工作，你跟着爷爷奶奶生活。我们躲在你小小的卧室里看周星驰的电影，说很多很多的话。

冬天来临的时候，你和所有的艺考生一样四处报名，然后参加各种各样的考试。你打电话跟我说，在考点遇见了我喜欢的男孩子，牵着另一个女生的手，你越想越为我难过，恨不得马上回来见我。我问你考得好吗，你说前面还好，只是最后老师让唱一首歌，你准备不足，慌乱之下唱了这首NewBoy。你说唱到最后你哭了，老师愣住了，但是也没说什么。

那时候，朴树已经淡出人们的视线很久了，低年级的学弟学妹们的偶像变成了周杰伦，广播里，再也没人播放这首歌。6月的时候我们也要分开了，一开始你说要和我考同一所大学，后来又说在同一座城市也是好的，实在不行我们还可以去看对方，天南海北不过几张火车票。

大学报到后的第一件事，就是给你打电话，你说你的新学校特别好，宿舍的女生都特别容易相处。我看着宿舍角落里留给我的那张床板已经发霉的上铺，有些想你。我说国庆节一放假就去看你，你说不行啊，已经和宿舍的同学约好要去海边。那一刻，我是真的觉得你离我有些远了。我也不是没有羡慕过你，性格开朗，总是很容易交到朋友，不像我整个高中读完了，也没有几个朋友；大学开始一周了，还没和宿舍的同学说过几句话。

后来我去看你，一开始你总是很热情地招呼我，再后来你交了男朋友，我们之间打电话的次数越来越少了。年少的时候，总是容易气盛，很多事并不能完全理解和体谅。后来，我主动和你断了联系。2012年的时候，你在日志里写爷爷过世了，我发了很长的信息给你。那时候我已经没有了你的电话，偶尔会在网上讲话，但是聊得很少。你也回了我很长的信息，说你在想到底做错了什么，我们就走到了这一步。再之后，又是漫长的不联系。你说我太习惯冷战，你觉得你暖不了我这颗心，你也很累的。

是啊，生活逼着人来不及矫情，来不及细细思量，这中间我们各自恋爱、失恋，不停地面试，不停地失业，焦头烂额，谁也顾不上再听谁说废话。再后来，你结婚，我没有接到你的通知，说不怨你是假的，可是一想到你再也不需要我了，还是觉得难过。

因为电影《后会无期》，朴树又回到了人们的视野。我好羡慕他，过了那么多年，那些爱着他的人，始终还在等着他。选秀节目里，人们又开始唱他的歌，可是始终没人唱过这首NewBoy，它还是被人忘记了，就像我被你忘记了。

难过的时候，我在“朋友圈”里写：“被喜欢的人忘记了吧，被爱过的人从日记里删除了吧，被生活逼着变成那种铁石心肠的人了吧。”你回我：“我没有忘记你，只是把你放进了回忆里。”

最近，不知道你从哪里听到了我爸爸去世的消息，辗转找到我的电话号码，你不知道该如何安慰我，就一直在电话里哭，边哭边说一切都会过去的。最后，你又不放心似的说：“你再唱一遍当年常给我唱的那首歌吧。”我对着电话开始唱歌，你跟着我一起唱：“穿新衣吧，剪新发型呀……以后的路不再会有痛苦，我们的未来该有多酷。”

我想起18岁那年，我们坐在学校的红色跑道上，你悄悄告诉我，将来想成为一个作家。我使劲儿点点头，对你说“加油”，你笑得真好看。后来，你在北方的一所培训学校里教学生们写作文，你说理想已经成过往了，但是未来，你也许会培养出许多作家。你还是那么棒。

昨夜，你发微信问我：“未来还可以很酷吗？”我想会吧。每当我想起你的时候，都会觉得18岁的那个夏天还在，我们依然还可以像18岁时那样活着，像人生巅峰从未出现过那样奔跑。你想要的那个很酷的未来一直都在，如果不在，你就再努力地向前跑跑，我们少年是用跑的啊，姑娘。

所以，亲爱的人啊，穿新衣吧，剪新发型吧，明天一早，打扮漂亮，一切都会好的，不是吗？

那一年的夜空，不寂寞

梁少英

她说她已经结婚，但新郎不是那个惠州男孩；她说她知道我一直在担心她，所以无论如何也要告诉我这个消息……

2002年的秋天，我在东莞清溪镇的一家港资电子厂上班，厂里每天晚上都加班，给工人的工资却非常低。下班后匆忙洗漱一番，时间已到了晚上十点，我打开那台破旧的收音机，《夜空不寂寞》的主持人胡晓梅那可以穿透异乡人内心的声音响起。同宿舍的一个女孩儿撇撇嘴，我赶紧找出花三块钱从地摊上买来的劣质耳机戴上，躺在冷硬的床上静静聆听，直到零点节目结束，才沉沉睡去。

一天晚上，厂里不用加班，我便躺在宿舍的床上看书。也不知过了多久，我渐渐沉入半梦半醒的状态。睡梦中，我隐约感觉有什么东西滴到了我脸上，一滴，一滴，黏黏的。

难道是上铺的姑娘洗完头没等完全干就躺下了？我翻了个身，把头往里挪了挪。过了一会儿，一丝一丝的血腥味向我袭来，就像小时候流鼻血，反复擦拭鼻子边还未凝固的血液时闻到的那种味道。我连忙起床开灯，发现上铺的姑娘侧躺着，散乱的长发将她的脸整个盖住，而一只垂落在床边的手在缓慢地滴血，一滴，又一滴……

我突然反应过来——住在我上铺的姑娘自杀了！

万幸的是伤口不深，姑娘没有生命危险，但地上那一摊暗红色的血依旧触目惊心。我爬到上铺，把那个满身酒气的姑娘拖下来，让她背靠着床架坐在地上，然后找了一块头巾为她包扎伤口。

包扎的力度似乎重了，姑娘挣扎着醒过来，自己跑到自来水管上喝了一通凉水，然后蹲在厕所里吐。等她走出来时，脸色灰白，如死人一般。她看到地上的血迹，立刻去走廊找来扫帚和拖把开始清理。我洗完脸回来，那摊血迹已经不见了，但姑娘还拿着拖把反复擦拭。她的整个身体摇摇欲坠，看见我，她说的第一句话是让我替她保密，她不想因为这件事被开除。我被她的举动吓着了，默默地点头同意。

后来，姑娘主动接近我，我们经常睡在同一张床上，背挨着背，一起听广播节目。每当听到胡晓梅用犀利如刀的语言一层层剖开异乡人内心深处的情感毒瘤时，我们都会忍不住击掌叫好，大呼痛快。渐渐地，一向孤僻的我接受了她，我们成了朋友。

姑娘来自江西，家里兄妹众多，她排行老九，所以我叫她小九。小九生得很好看，一双眼睛里带着一种神秘的风情，眼波流转间又有着脉脉的温情，足以令每一个男子都对她过目难忘。但她早已有男朋友，是广东惠州那边的，二十岁，典型的广东帅哥，在隔壁菲利普代工厂的人事部上班。这个漂亮爱玩的男孩并不愿意过早地为小九放弃“美好天下”，他开始不断地移情别恋，目的是让小九识趣一点儿，学会给他所谓的“自由”。所以，姑娘便来到这间电子厂上班，不加班的晚上才会去隔壁找那个男孩。

一天，小九买了一张电话卡，让我陪她到工业区外一间僻静的电话亭给胡晓梅打电话，一连打了三个晚上，电话终于接通。小九激动地向胡晓梅诉说她的爱情故事，带着哭腔，断断续续。她说到了那次醉酒后的自杀事件，虽然不致命，但那是她生命里最惨痛的经历。事情的起因是男孩带她见了他的父母，他的父母颇有些身份，明确表示不接受外省的儿媳妇，如果男孩敢违抗他们，便同他断绝关系。男孩送走他的父母后建议小九离开他，若不然，小九只能做他一辈子见不得光的女朋友。小九舍不得他，便答应做他一辈子的女朋友，不要名分的那种。

告别了男孩，小九痛苦难当，酗酒，闹自杀，之后又表现得若无其事地继续跟男孩约会。可是回到宿舍，小九常常一句话也不说，只静静地躺在我的床上流泪。于是，我建议她给胡晓梅打电话，被她骂一顿，或许就什么都想通了。

挂断电话，小九依然如故，直到她突然辞工离去。那一天我回到宿舍，发现上铺空了，我的枕头上放着一张字条，是小九留的，上面写了简简单单的几个字：别担心，我去找我男朋友了。

我狠狠地撕碎了那张纸条，然后蜷缩着身子躺在床上，任由眼泪从眼角滑落。那天晚上我没有收听《夜空不寂寞》，而是一遍遍地回想和小九短暂相处的充满曲折的时光，也许那段时光会在我的生命里留下不可磨灭的印记吧。

多年以后，我收到一封老乡转给我的信，是小九写的。她说她去工厂找过我，但我已经辞工走了，她便委托我的老乡转交这封信给我；她说她已经结婚，但新郎不是那个惠州男孩；她说她知道我一直在担心她，所以无论如何也要告诉我这个消息……

我拿着信，泪眼蒙眬。

学院派爱情样本

安宁

学院派的爱情样本，传来传去，好似终没有逃出既定的模板，不过是曲终人散，各自上路。

在校园里常常会看到他们，是隔壁班的一对情侣。下课时最先听到的，不是年轻女老师踩着高跟鞋咔嗒咔嗒离去的声音，而是他们两个在楼道里放肆的喊叫与嬉笑声。我不喜欢他们，觉得女孩的举止有些轻浮，而男孩的亲吻里也带着戏谑。这一场爱情，在外人看来，是典型的青春期荷尔蒙的挥霍游戏，谁都不会当真，谁也不会承担。毕业时能够双宿双栖，那简直是中彩票才有的几率。

给他们上过一段时间的课，两个人连体婴儿一样坐在一起，不怎么像在听课，更似来此甜蜜约会。手机调成了静音，却可以感觉到无声中发来发去的短信里，满是鲜花般怒放的热烈情语。它们比我在课堂上所朗诵的任何诗人的情诗都要动听。每个班里，总有这样在课堂上耽于情爱的学生，知道提醒也没有多大的作用，即便让他们正襟危坐，也难免心猿意马，所以便放任这一小部分人去做他 们想做的事，会不会得到惩罚，期末的成绩单上自有定论。

但有一次课上，我却因为他们生了气。女孩不知听男孩说了什么话，扭了一下男孩的胳膊，随后将缠绵在一起的书本哗

风 雪 中 荒 凉 的 山 丘 ，

除 了 那 些 屹 立 的 和 飘 荡 的 。

月皎洁，虫自飞，
夜凉如水，千里共婵娟。

月光看得见群山之巅。

一下全揽到自己的胸前，一副与男孩划清界限、势不两立的无情模样。男孩当然着了急，或者，是做出一副着急的模样，对她低声地又哄又劝。我在讲台上，虽然隔着重重的座位，还是听到了他们若有若无的谈话。大约是男孩抱怨女孩近日花钱太多，而女孩则以一句“想不花钱就别跟我谈恋爱”，任性地堵住了男孩所有的辩解。两人你一言我一语，吵到女孩当堂便站起身，看也不看我一眼，大踏步走了出去。而男孩呢，无助地看向我，似乎在寻求我的开恩，允许他追赶出去。教室里当即起了哄，有男生大胆地吹口哨，更有人看热闹似的高唱一句：“妹妹你大胆地往前走啊，往前走！”眼看着这场私人的争吵事件即将升级为集体的喧哗，没有多少经验的我气咻咻地朝男孩喊出一句：“你也一起出去，不要在这里扰乱课堂秩序！”

男孩看了我一眼，脸上有被批评后的冷淡与落寞，也有遭到围观嬉笑后的窘迫与难堪。但他什么也没说，只是默默地收拾了东西，包括女孩临走落下的文具和小点心，然后便悄无声息地走出了教室。

其实我本应幽默地化解掉这一切，譬如宽容地让男孩赶紧去追，并豁达地告诫他，错过了老师的课没有关系，错过了爱情可是要后悔一生的。或者我安慰他，并将一首仓央嘉措的情诗送他，让他转告女孩：你爱，或者不爱我／爱就在那里／不增不减。但我却腰斩了通向浪漫的鲜花小径。

期末考试，我出了一道用文字描述这半个学期心境的题目。改到他们两个人的试卷时，特别留意了一下，看到男孩提及最尴尬的事，是因为某个人而在另外的一些人面前丢了颜面。而女孩的描述中，却是这样的：最得意之事，莫过于用外人的眼光，证明了某个人的胆量。

原来，男孩的尴尬，在女孩这里成了可以炫耀的资本。她以为他追赶上她，是因为不肯舍弃，却不知道他承受了全班同学的嘲笑与起哄，又被我这样一本正经的老师训斥，才成全了她想要的爱情中得意的一笔。

我之后未曾再教过他们，也不清楚他们爱情的轨迹究竟走向了何方。只是在学院网站上的毕业纪念照上，看到他们两个人，遥遥地站着，互不理睬。女孩的视线，向着那无限的远方，微笑中满是张扬与希望，似乎她有了无比美好的归宿与前程。而男孩的眼睛里 则藏着深深的忧伤与落寞，好像毕业的帷幕徐徐落下，他的幸福，也到此说了再见。

许久以后，他们的爱情在新一届学生的口中，成了值得八卦的经典个案。在或许添了花边的讲述中，女孩毕业后便毫不犹豫地与男孩说了再见，并迅速嫁给了一个“钱程似锦”的“熟男”。而男孩则为了女孩不休不止的梦想与虚荣，奔赴北京。只是，那个城市里，再也没有了她。

这是一个不知有没有经过改编的口口相传的爱情范例，关于背叛与忠贞、谎言与诺言。但学院派的爱情样本，传来传去，好似终没有逃出既定的模板，不过是曲终人散，各自上路。

只为与你相遇

杨暖

我路过她们的爱情。对于她们，八千里路，红尘相逐，我只是过客；可对于爱情，一刻即永恒。

机场出口，他蹬着两条长腿不停地向里面张望。捧一大束红玫瑰，很明显，是在等待他的爱人。飞机晚点，我坐在那里，看他神情专注又紧张的样子，不禁莞尔。半小时后，再回头，他正和一长发女孩拥抱。女孩刚下飞机，他就站在喧闹的出口处，将女友不管不顾地抱在怀里。也许是过于激动了，差不多将娇小的女友整个抱了起来，高跟鞋都不着地了，久久不松手。待两人站定，女孩哭了。

她抱着那束红玫瑰，撒娇般捶了他两下，哭得梨花带雨。

后来，我坐在飞机上，万米高空，看洁白的云朵托起一侧的机翼，不由感怀。刚才的情景，使我心里涌起一股极干净的情愫。我看见了爱情最初纯美的模样。若干年后，不管爱情依然拥有还是已经远走，最让人念念不忘的，一定是那巨大的带给人眩晕感的幸福。

我是在九寨天堂的民俗街上遇到她的。她有白瓷样的肤色，是那种五官极美的女子。小店就在巷口，她鲜艳的披肩很惹眼。走过去了，却没好意思进——店门口，她坐在一男子大腿上，低头私语。天气很冷，阳光照着才有一丝丝热度。

而她，就坐在门口那一小块阳光地里，被揽着腰，亲昵得投入，毫无顾忌。足足5分钟，她才看见我，笑笑起身。她店里的围巾花色很别致，我买了两条，回宾馆同伴也相中了，央我第二天同去。再去时，别人家店里人来客往，她的店却锁了门。隔壁的老板指着前面的水磨坊说，八成去唱歌了。后来才知道，她原是外地的导游，带团时遇到了他，一个很会唱歌的藏族男子，遂投奔了来，天天与他守在一起。开个小店，又不怎么经营，兴致一来就关了门去唱歌。

不多时，她牵着那藏族男子的手走回来，她对着他说话，眼神炽烈。那种爱他到骨子里的眼神，至今令我难忘。后来，我常想起这女子和她炽烈的眼神。我一点儿都不为她的私奔感到惊奇。女人一生该有一回热烈的燃烧，抵死缠绵过，以后的日子再平淡，爱情也圆满了。

她60岁，他70岁。年初去旅行，这对夫妇是年龄最大的团友。高高大大的他，蓝眼睛白皮肤。她鹤发红装，跟在他身后，似小鸟依着一座山。车上聊天得知，他是美国一所大学的教授，孩子们都成家了，她决定随他到美国定居，临走又舍不得，就四处看看祖国的山河风景。

一路行来，九乡，石林，苍山，洱海。在严家大院，喝白族三道茶，她拉着他和白族姑娘们载歌载舞。登丽江玉龙雪山，越往上爬，氧气越稀薄，他和她却执意要上山。坐着缆车往3000多米的牦牛屏上爬，眼前是草坪、雪山、牦牛，风吹到脸上，生疼。他用一条大红的披肩挡风，紧紧地把她裹在自己怀里。我坐后面缆车，看前方一团大红，真觉得那是一对热恋中的小情侣。然而，又不同，她和他是执子之手，与子偕老了。相濡以沫的情爱融入了生命中，哪怕只是轻轻握手，都含了温暖深情。

这三个女子我不认识，她们亦不认识我。我只是从她们爱情的近旁打马走过，而我又足够幸运，在爱情最美最饱满的瞬间，连路过都已觉惊心动魄。爱的路途那么远，也有泥滩和碎石，不可能处处好风景，就像女人的一生，不可能全是惊心动魄的小说，也不大可能都是诗情画意的诗歌，大多时候像散文。生活不能时空穿梭，专拣精彩圆满的过，爱情亦不可能都圆满。或许，人们渴望爱神降临，就是喜欢他能将尘世平实的生活酝酿成一个个圆满动人的瞬间。这一个个瞬间，是人间的大温暖，也是女人的大欢喜。

我路过她们的爱情。对于她们，八千里路，红尘相逐，我只是过客；可对于爱情，一刻即永恒。我路过并见证了那一刻的永恒，也忍不住与爱情相爱，心生欢喜。这于我而言，也算是大圆满了吧。请允许我双手合十，念一首六世达赖仓央嘉措的情诗来祝福所有相爱的人："你见，或者不见我，我就在那里。不悲不喜。你念，或者不念我，情就在那里。不来不去。你爱，或者不爱我，爱就在那里。不增不减。你跟，或者不跟我，我的手就在你手里。不舍不弃。来我的怀里，或者让我住进你的心里。默然相爱，寂静欢喜。"

那一年，我也曾暗恋

雪小禅

说不清那惆怅是为什么，那薄青瓷一样的暗恋，已经在岁月中变冷，如同冬天来了，衣裳薄了，我要把过去藏在心里才好。

16岁，我以全校第一名的成绩考上了重点高中。那时我是个瘦瘦高高的女孩子，穿衣服极不讲究。我的大多数衣服都是部队上的，因为姑妈在部队，所以，有很多肥大的军装，根本没有什么腰身。我也和假小子一样，和后桌的男孩儿打架，庆幸的是，学习成绩一直遥遥领先，考了第一名之后，得意了好长时间。

新生报到的第一天，我抱着自己新发的书往教室走，在拐弯的地方，突然撞到一个人。

正是秋天，他穿一件蓝色球衣，抱着一个篮球，高高帅帅地站在我面前。一笑，露出洁白的牙齿。我们同时说了声对不起，然后就笑了。再然后，我的脸莫名其妙地红了。

记得拐角处有一株高大的合欢树，分外地妖娆，我匆忙把掉在地上的书捡起来，然后一路跑向了教室。

几分钟后，班主任进来了，接着，他进来了。

他就是我撞到的那个男孩。我看到他的同时他也看到了我。我注意到，他把额前的散发往上撩了撩，那个动作非常迷人，再之后，他坐在了我的后排。

我的心跳得更快了。之前和男生吵架动手的时候，我根本没有意识到自己是个女孩子，是从他开始，我觉得自己是个女孩子了。手不知往哪里放了，心跳得那么快，手心有微潮的汗，重要的是，脸红了，同桌叫周素，她说，你怎么了?

我热。我说。

那时男女生根本不说话，我们班只有一个女生和男生说话，她是我们的班长。但我的心思可没在她身上，从第一天撞到他开始，我就知道，我可能坏了。

所谓坏了，就是忽然之间觉得自己那么难看，裤子也肥得不像话了，腿脚也放得不是地方了，头发这样短，杂志里说男生都喜欢长头发的女生，眼睛是不是太小……所有的一切全错了，而他进教室的刹那，我更是面红耳赤。如果没有记错，他进教室，13步到他的位子。

而且，他喜欢用海飞丝，有淡淡的薄荷香。

他哪天理了头发，哪天换了衣服，我一清二楚。从此，那个大大咧咧的人开始多愁善感，开始看李清照的词，她说，剪不断理还乱，才下眉头，却上心头。怎么这么对啊!

学校里组织文学社，我第一个报了名。非常踊跃地投稿，比朦胧诗还朦胧，其实写的全是他，无论是写秋还是写夏，总之，全是他。

他的声音那样充满磁性，他的头发那样黑，甚至他走路都与众不同。我常常跑到三楼去，那里可以望到后面的操场，他在那里打篮球或排球，不过我更喜欢看他踢足球，跑起来时非常动人，头发一飘一飘的。那件藏蓝色的球衣非常好看，好看得要命。我总是咬着自己嘴唇，偷偷想他在家的样子，也这么好看吗?

那时我们都是走读生，因为家在城里，所以学校不让住宿。晚上下了自习之后，一起骑车回家，我总是习惯跟在他的后边。春天的时候，他会把那件蓝色的球衣围在腰间，一边吹着口哨一边往前骑。有了他，我觉得整个路程显得那样短，和我走的还有另一个女生，她总是说我说话有点前言不搭后语，其实，我的心思不在和她说话上。

不仅写诗，我还开始写日记了。

在日记中，他的名字叫JQ，是他名字汉语拼音的缩写。这是世界上只有我一个人才知道的秘密，这种隐秘的快乐叫我喜悦，叫我不安，也叫我慌张。

我开始偷偷学着打扮，比如偷穿母亲的高跟鞋，比如擦上淡淡的口红，其实全是为了取悦他。可他好像并不在意。在上体育课时我出了丑，高跟鞋让我摔倒了，非常尴尬，我低下头，委屈地哭了，因为耳边有男生的笑，好像还有他。

真是委屈死了。

可还是喜欢，甚至有点盲目了。

有一天我早自习去得早，教室里只有他一个人，我走向自己座位时他抬起了头。我的脸“腾”就红了，他就在我的后桌，我的后背上好像都是眼睛了。那时觉得时光不要走了才好，然后就地老天荒了，然后就海枯石烂了。那时我迷恋上看三毛和琼瑶的书，一边看一边哭，以为自己就是其中的女主角了，而男主角，我当然安排到他身上了。

文理科要分班了。我绝望地想，看来，我们要分开了。

那几天分外地惆怅和忧伤，高大的合欢树开了一树的花，我把它们夹在日记本中，日记本中有他的名字，分外地芬芳。我想着想着，突然就掩面哭了起来。

让我想不到的是，我和他居然分在了一个班，同时去的还有五个人，当老师念完分班结果后，我摸着自己的心脏，怕它跳出来。下课后，我去操场上跑了十圈，那样的喜悦，比中了大奖还要高兴。

我们仍然在一个班，仍然不说话，可我的心里还是那样惦记着，颤动着。日记越写越厚了，心思越来越长了，但是，我却没有把这个秘密告诉任何人。在别人眼中，我不再是那个疯疯癫癫的丫头了，文静了，温柔了，知道要衣服穿了，学习不如以前了，偷偷开始写小说了……

他在我的日记中，仍然是JQ。

两年之后我们要毕业了，他去了一所技校，我去了石家庄读大学。再见的时候有些男女生开始说话了，但我们还是没有说，始终隔着很远的距离，甚至毕业留言我都没有找他写。因为，没有那个胆量，也许是太喜欢了吧，所以，觉得太遥远了。

大学第一年开始写信寄明信片，我给他写过一封信，无非是大学里的吃喝拉撒，实在与爱情没有任何联系。薄薄的一张纸，写了撕，撕了写，最后不了了之，还是胆小，还是不敢说。

明信片倒是寄了一张，选择了一张帆船图案的。蓝色的大海上 漂浮着一只帆船，非常美。只写了他的地址和四个字：新年快乐。写他的名字时，我的手在发颤，心也在发抖，那是我第一次完整地写他的名字。

寄出去了。寄出去能说明什么呢？他收到的这种明信片大概太多了吧，寄出去的是一张“大海”，很快也石沉大海了。

然后，我开始了真正的初恋。

恋爱应该有的内容我都有了，写情书、约会、看电影、赌气、流眼泪……和我在一起的男孩很宠爱我，我们像所有情侣一样谈着恋爱。不过有时我心里会涌起淡淡的惆怅。说不清那惆怅是为什么，那薄青瓷一样的暗恋，已经在岁月中变冷，如同冬天来了，衣裳薄了，我要把过去藏在心里才好。

有同学提起他的名字时，心还是会咚咚地跳，好像失了魂。后来听说他结婚的消息，脸上寡淡了一天，好像是彻底绝望了。没理由地想发脾气，记得那是个冬天，很冷。

后来我也结婚了，过着凡俗的日子和生活，慢慢就忘记了那些风花雪月的事。那几个日记本，一直锁在抽屉里，自己安慰自己说，谁年轻时没做过梦呢?

自始至终，他只是我的一个梦而已。

记得有一次去“国美”买摄像机，和先生一起逛着，忽然对面就走来了他，我们都愣了一下，突兀地，我的脸又红了，红透了。

他和我先生寒暄着，握着手，而我的手开始莫名其妙地哆嗦起来。

过了些日子，老班长张罗同学聚会，天南海北的同学全回来了，他和我都去了。说实话，如果他不去，我可能就真的不去了。

我们之间还是没怎么说话。

直到都喝多了。有男生提议玩个游戏吧，真心话大冒险，说当年谁暗恋谁一定要说出来，大家认为对就喝酒，不对就自罚，我心里忽然紧张得不行，浑身发抖。

有人说出来，大家就哄堂大笑，因为好像全是为了取笑编的。所有男生全说迷恋我们班长，怎么可能啊。于是班长就一直喝，说对说错她都喝，谁不愿意被暗恋啊。

到他了，他看了看我，然后说，我暗恋过她。

所有人都静了一下，我当时就傻了。之后，有男生说，他说得对，我早觉得这小子不对劲，肯定动过人家心思。看，脸还红了，来，我们喝吧。

乱哄哄的，不知怎么就把话题岔了过去。而我却微笑地看着他，问，真的吗？

他笑了笑说，真的啊，很多男生都暗恋过的，女生也是吧，那个年代，只能暗恋啊，你说呢？

我忽然就笑了，心底里，千树万树的梨花开了。我总以为自己是多么的不知羞，这样的暗恋人家，原来，那么多人都曾经暗恋啊。

其实真的应该感谢暗恋，是从暗恋开始，有了一颗蠢蠢欲动的心，有了做女孩子真好的念头，而且常常会照镜子，会自言自语，现在想起来，是那样的美又那样的纯。

外面开始下雪了，我们走到窗前，我伸出手去，感觉一阵阵的凉爽和清新，他侧过脸问我，你也曾经暗恋过吗？

回过头去，我轻轻笑着说，那年，我也曾经暗恋过。

他没有问是谁。

我也没有答。

我们一块伸出手去，去接那纯洁的、透明的雪绒花。那场最美丽的暗恋，就是这一片片飞舞的雪绒花吧，那么轻灵，那么美丽，却又那么忧伤。

45年的爱情

江小财

你放心好了，我到哪儿都会带上你的，
绝不会让你迷路找不到家。

我爹是我娘的老师，换句话说，我娘是我爹的学生。

这好像是专属于他们的秘密，因为他们从来不肯说。我是听我的叔叔和姑姑们偶尔开玩笑时说起过的。那会儿，他们都还年轻，我还小，似懂非懂的我一边跟着笑，一边渴望了解更多细节，但忌惮于父母的威严，并不敢多问。

我爹上学时成绩好，可家里一贫如洗，只上得起师范学校。那时上师范学校会发点儿生活费和粮票，不需要家里再给钱。所以，19岁时，他就成了一名光荣的人民教师。

那是20世纪60年代初，乡村中学的课堂上陡然走来这么一位年轻的语文老师——瘦弱，才华横溢，一堂课引经据典滔滔不绝，收获无数崇拜的目光，尤其是那个扎着两条长辫子的漂亮女学生的。

我娘年轻时扎着两条黑油油的及腰麻花辫，五官清秀，气质沉静，是公认的美女。

学生和老师谈恋爱当然不被允许，所以，他们仅仅是互有好感而已。但我娘会趁周末去我爹的宿舍，悄无声息地帮他洗两件脏衣服；我爹要是有了什么好吃的，也给我娘留一点儿。

我娘上完初中便去读中专，然后工作，一定是等到正式上班之后，他们才公开恋情的。

我上中学那会儿，早恋是被班主任挂在嘴边的最不可饶恕的罪行之一，但凡发现早恋的苗头，24小时接受举报，班上都是男生跟男生同桌，女生跟女生同桌。

后来，我多少有点明白我爹我娘为什么不肯说他们相恋的经过，他们有顾虑，觉得那样的情感是不该被效仿的。那段故事，他们缄口不言。

但有一件让我印象很深的事，发生在童年时的一个冬天。那时我们住在学校的平房里，厨房是在后院搭的偏厦，小小的几平方米。冬日的夜晚，我们窝在温暖的小厨房里看我娘用高压锅炒板栗，栗子不时在锅里发出声响。这时不知谁打开了厨房门，惊呼一声：“下雪了！”

因为下雪的缘故，天并不显得太黑，大团的雪花飘飘洒洒地从四处落下，我们都愉快地仰头看着。我伸出双手去接雪花，并送进嘴巴里，想尝尝甜味。就在那时，我娘忽然非常抒情地朗诵了起来：“雪啊，雪啊，你无声地落着，落着……”我们惊奇地看向她，但只这一句，她便念不下去了，因为她已经笑得蹲在了地上。

我爹也笑了起来，那种温暖而默契的笑意迅速堆积在他的脸上。虽然我们并不知道他们在笑什么，但父母的快乐是那么让人感到安全，感到高兴，我们也起哄似的念起来："雪啊，雪啊……"

后来我娘告诉我，那是我爹在一堂语文课上的即兴朗诵。那天正上着课，窗外突然下雪了，我爹抛下课本，满怀豪气地对着雪花，尽力用标准的普通话吟出了这首诗。

我不敢再多问，那是属于他们的故事。但我无数次怀着喜悦的 心情想象着那个场景——年轻的爸爸站在寒冷的教室中间，兴之所至，大声念起诗来；年轻的妈妈，扎着长长的辫子，在那里入神地听着。

现在，他们结婚已经45年了。45年厮守的光阴，改变的不仅仅是两个人的容貌，还有性格。我那一向宽容、隐忍、好脾气的爹，现在越来越急躁，越来越固执；而年轻时压根儿不讲道理、说一不二的娘，现在居然变得慈祥，变得非常好沟通了。那么多年一直生 活在一起的他们，有时也会产生想脱离对方视线几天的念头，而且他们现在几乎每天都要争吵，有时为了房间里的一只蚊子到底是谁放进来的也要较真地争上半天。

即使是那么美好的师生恋，也会在年老的时候吵得不可开交啊——有时我翻看老相册，会略带遗憾地这样想。

有次我娘出门买菜，我爹很担忧地对我说："你娘现在不认得方向了，昨天去菜市场竟然走反了，走过好几站才反应过来，她自己也吓坏了。”他又举了好几个例子，然后郑重地说：“以后她去哪里你们都要跟着她，我真担心，她会不会是得老年痴呆了。”

而我娘也避开我爹，心事重重地对我说：“你爹会不会是老年痴呆了？有一件旧汗衫，我拿来当抹布，扔在厨房地上很久了，上次突然在衣柜里看到，原来是你爹捡起来收进去了！”我娘接着说，“他现在脾气坏得不得了，要搁在以前，我可不会轻易饶他，现在我都让着他，不跟他计较……”

有一天，我等公交车时，看到一对老头儿老太太也在等车。手机响了，老太太一指老头，说：“你的！”老头儿赶忙在拎着的环保袋里掏，但就是掏不着，索性把袋子放到地上，笨笨地找，老太太在旁边一脸不屑。等到手机终于掏出来了，老头儿看了半天，哈哈大笑说：“不是我的，是你的在响啊，老太婆！”老太太不相信地从裤兜里掏出手机，果然是她的在响。

回到家，我把这一幕讲给爹娘听，两个人笑疯了，因为这事儿他俩也干过。笑过之后，又都安静了下来。先是我娘轻声说：“老了怎么就变这样了？”我爹跟着来了一句：“你放心好了，我到哪儿都会带上你的，绝不会让你迷路找不到家。”

这样去爱

魏剑美

最通透的爱情关系应该是友情式的：一方无条件地信任，另一方则有原则地珍惜。

1

永远不要爱上那个不爱你的人，也永远不要爱上那个不自爱的人。

我们经常可以看到为了追求爱情而完全不顾尊严的“好汉”，其实，这样的“好汉”也是最容易将到手的爱情弃若敝屣的。一个不自爱的人，怎么可能指望他会长久地爱人呢？

2

任何爱情都会被修订，唯一的差别在于是由你主动修订还是由对方主动修订。假如双方都不主动，那么最后只好由时间来帮忙修订。

童话故事喜欢用“王子和公主从此幸福地生活在一起”来作为完美结局，而现实的情况是，“生活在一起”正是爱情问题的开始。

3

最通透的爱情关系应该是友情式的：一方无条件地信任，另一方则有原则地珍惜。很多人的爱情之所以没有友谊那么持久，就在于一方总以自己的“付出”为条件去索取回报，去要求对方，并且总是在“忠诚”的旗号下无限度地侵入对方的个人空间。

自由是人性中最本能的一种，对自由的渴望可以导致对一切人际关系的推翻。也正因此，王子爱民女、仙女配董永、公主和仆人私奔、国王“爱美人不爱江山”之类的版本才长盛不衰。因为，即使对方一无所有，但他至少能给予自己足够的自由。

4

婚姻内外的爱情是有本质区别的。对于婚姻内的爱情能将就的尽量将就，而对于婚姻外的爱情则是能不将就的就尽量不将就。

5

“尽管不为人所爱，但我却一直在爱着别人。”伟大的童话作家安徒生坎坷的爱情经历确实让人欷歔慨叹。但他忘记了一个基本前提——爱情的基石是平等而不是单方面的无望的付出与企求。

尽管“求爱”这个词用得如此普遍，但真正的“爱”却是“求”不来的。

它是电光石火间的顿然神会，是花开刹那之际的领悟与投合，是“取次花丛懒回顾，半缘修道半缘君”的心灵守望。“求”来的很难说是爱，而很可能是怜悯，是妥协，是迁就，是权宜。

我相信，世界上绝大多数人都有与之相匹配的爱情可能。尽管容貌上可能平庸无奇，但才华出众的安徒生肯定也不乏爱慕者。他的可悲之处在于，总去内心所不能到达的地方寻求情感回应，而忽视了那些凝视他的眼眸。

青春，呼啸而过

戴日强

我突然觉得他的衬衣像是我们过去的回忆，所有无法留住的点滴都将折叠起。

一

高四开学的第一个傍晚，原本想放弃一切安心学习的我受不了同学的诱惑而跟他们去踢球。我不知道在这种特殊的时期踢球是不是一种错误，或许我们选择的是一份自由，而在那次球赛上我认识了老鸟……

我一个“踩单车”便轻松摆脱了老鸟的堵截，一脚抽射，球轻而易举地进了球门外的臭水沟。老鸟伸出拇指说“强”。我问老鸟为什么说我强，我并没有把球踢进去啊，老鸟说是看我拖着一双废品回收店里的拖鞋还来踢球，真的是暴强。

老鸟跟我说他喜欢足球也喜欢摇滚，喜欢汪峰，我没想到我可以和老鸟穿同一条裤子，更无法猜测是不是喜欢摇滚的人疯狂外表下其实都有一颗坦诚的心。

后来我跟老鸟唱完了汪峰的《笑着哭》后，老鸟头一次对我说：“我当你是兄弟……”

二

有时候听着摇滚就会忘记老鸟的爱情悲剧史，醒来的时候模糊记得老鸟那个时候整天拿着我的《围城》，而且动不动就说“对丑 女细看是种残忍”。

“对丑女细看是种残忍”这句话的直接受害者就是我们的校花。老鸟每次见到她就损她几句，本以为校花会恨透老鸟，给我们这些人一个机会，没想到那天我硬着头皮向老鸟要回《围城》的时候，老鸟竟公布校花成了他的女朋友。

我说：“不会吧，你也有人要？快说，你是用多少金币收买人家的？”老鸟说：“我有钱就买泡面了，是她主动写情书给我的。”这就跟告诉我拉登就藏在他家一样。最后老鸟瞪了我一眼笑着说：“随便玩玩而已，我不会动真格的。”随后便去跟校花约会了。我骂道：“你不要把机会给我啊……”

他时不时地叼着烟，谈他跟校花过家家式的爱情剧，他总是说他毫不在意校花：“她的一举一动在我心里好像蜻蜓点水一样，即使泛起一丝波澜最后也归于平静。”

一天中午校花跑到男生宿舍哭，宿管人员十分无奈，找到了老鸟。老鸟马上跑过来对我说，这搞得他十分惭愧，真想当场挖个洞把自己埋了。

爱情剧演到最后的时候，校花在班上号啕大哭，老鸟又坐到我 旁边对我说："我真是无地自容。"

到了晚上，老鸟约大家去KTV，我们一如既往地点了《无地自容》，我不知道我们为什么老是点这首歌。我们这帮人还是老鸟、院长、俊、阿元、我，始终没变过，也没想过要变。

鬼哭狼嚎完后，老鸟说他们分手了。

我说好啊，失恋也别太伤心，被抛弃后还是男人。

老鸟没砍我，而是跟我拼酒。我敌不过他，不过喝到一半他就哭了，他没有转过头去，是那么坦然，任眼泪流淌。

之后发生了什么我基本想不起来了，模糊地记得在宿舍里我吐得一塌糊涂时老鸟递给我毛巾和水。可从那以后，我们没再去过那家KTV，因为我们成长在这个残酷的时期。

三

高考结束后我们到离家很远的一个包装工厂里打工，之所以选择这个破烂的地方是因为这里离家很远，远得可以忘记高考。

还是原班人马，但是我们告别了足球，告别了摇滚，因为我们已经经历了两次高考。

单调而劳累的工作后，我们疲倦地躺在杂乱的宿舍里。老鸟说 他真想K 歌，他怀念高四的残忍与痛快。

我看了他一眼。太多的心事其实不必说出口，因为我们彼此明白。

我想老鸟是累了，不光是工作的累，每个高考失败后的学子都会回想起属于他的那一段忧伤，这里有爱情、友谊……我们轻轻地唱着汪峰的《美丽世界的孤儿》，我们都哭了，不知道为什么。

生活总是太无聊，特别是在高考后的日子里。但是老鸟还是会寻找属于自己的快乐。除了老鼠和蟑螂，包装厂里不缺的就是废纸和胶带，于是老鸟用胶带包起一大摞废纸便造出了世界上最原始的足球，而厂房便是我们的足球场，任何时候都是比赛时间，这些是我们遗忘世界的方式。

不过这个伟大的发明在工厂里的玻璃碎后被老板扼杀了。老鸟并没有生气，如果在以往他肯定会跟老板大干一场，可是那天他只是异常失落，或许他的心早已疲惫。

在宿舍里，我安慰老鸟说："没事，心在足球就在，自由不需要方式。"

老鸟头一次点了点头，真的像一只受伤的鸟儿。"我想她了。"他一头扎进我的怀中。

我叹了叹气，我想就我知道他是一个受伤的孩子，他是真心对她的，但是他不会说出口，哪怕到最后分手，哪怕自己受伤都不会，他是一个任性的孩子。

我跑到楼下买了一个二手的低音炮，插上MP3。“想唱什么歌？”我笑着问。老鸟掀开盖在头上的被子，无奈地笑着说：“《谁伴我闯荡》。”

“前面是哪方/谁伴我闯荡/前路没有指引/若我走上又是窄巷/寻梦像扑火/ 谁共我疯狂……”低音炮的声音很小，但是我们依旧吼破了喉咙。其实歌声响起的时候世界很安静，老鸟和我都在宁静中流下了寂寞的泪水。

四

8月，我们还在工厂里打工，录取结果出来了，我们这群经历过两次高考的孩子感到异常冲动与恐惧。一大早老鸟就约我去网吧，但是最后还是说：“你先查吧，我再也经不起打击了。”

……

我被北方一所高校录取，专业是我向往的中文系。老鸟说：“跑那么远干吗？看来你是没有福气跟我踢球、摇滚了，很不幸啊。”

老鸟没有告诉我他的录取结果，只是在我要去上大学的前一天 晚上来送我。

那晚，老鸟穿着一条破旧的牛仔裤和起了褶皱的衬衣，我突然觉得他的衬衣像是我们过去的回忆，所有无法留住的点滴都将折叠起。令人兴奋的是老鸟终于背起了吉他。

老鸟笑了笑，他的脸异常干燥，像是野地。

“怎么样？我比你早学会吉他，不用低音炮我也可以自己摇滚了。”

我有一种说不出的感动，忘记了我们彼此都将告别，就像那晚的月色，如此朦胧和凄美，引人沉醉，醒后却是无限的疼痛。“来首什么歌呢？”

老鸟很霸道地说：“这次我自己弹唱。”他接着说：“只送给你的，一个人。”是达达乐队的《南方》，听着旋律，仿佛回到高四的教室里，那里有排得长长的书；我们唱汪峰的歌；在KTV里，等喉咙快吼破的时候一起拼酒……这些陈旧的往事都折叠在老鸟褶皱的衬衣里，在凄凉的月色下，如此忧伤……

“那里总是很潮湿/那里总是很松软/那里总是很多琐碎事/那里总是红和蓝/就这样一天天浪漫/就这样一天天感叹……南

方……”老鸟唱着唱着哭了，我没有问老鸟何去何从，他只是说了声“珍重”就转身离开。

五

老鸟背着吉他，背着他的摇滚梦离开了，我也离开了南方……老鸟离开的时候我仿佛发觉：现实总是背叛想象的。一切就像老鸟的高四，面对着残忍却选择另一种痛苦，他是被青春遗忘的孤儿，拥有遥不可及的梦，或许，青春的我们都失去了年少时的梦想。

之后大学的某个早上，背着吉他的我听到有人在弹唱《南方》：“我第一次恋爱在那里/不知她现在怎么样/我家门前的湖边/这时谁还在流连/时间过得飞快/转眼这些已成回忆/每天都有新的问题/不知何时又会再忆起……”

这声音再熟悉不过了，我的眼泪突然流下来，不顾一切跑了过去……

老家

海宁

奶奶年纪大了，离不开老家了，因为她怕死在外面，灵魂回不了故乡。

爸爸沉吟良久："奶奶年纪大了，离不开老家了，因为她怕死在外面，灵魂回不了故乡。"那一刻，爸爸的这句话倏然在我的记忆中跳跃出来，令我的灵魂战栗不已。

1

整个童年时代，我最畏惧的一件事是回老家。

一度不明白，为什么已经有了家，还会有一个老家？大人给的解释很简单——那是爸爸以前的家。妈妈说，当初爸爸转业时最大的心愿是回老家的县城工作，却未能如愿，才转到了和老家同属临沂地区的另外一个县，距离位于沂蒙山腹地的老家沂南县整整100公里。

老家却还不在沂南县城，在距离县城15公里左右的小村子。年少无知时，我很同情爸爸从小生活在那样一个贫穷落后的村庄里。

老家有爸爸的其他亲人——他的母亲、兄弟姐妹等。

因此，回老家便成为不可避免的事。时间总定在每年的正月初九，因为那天是奶奶的生日。

于是，一个小孩子，每每过年的欢喜还未曾享尽，忽然想起回老家的日子临近，又看到爸妈已经开始购置回老家带的各种物品，心里便如临大敌。

100公里在现今实在算不得什么路程，可是在上世纪80年代，却是极其遥远的一段距离，车站每天只有早上6点的一班客车发往老家。

每年正月初八的早上5点钟，便要早早被妈妈自被窝中拉起来，手忙脚乱地穿衣吃饭。五点半之前是一定要出门的。街上没有路灯，一片漆黑，寒冬的清晨又冷得彻骨。一家人大包小包、深一脚浅一脚地终于赶到车站，买了票登上那辆红白相间的老式客车。车里没有暖气，窗户永远关闭不严，四下漏风。爸爸用大衣裹着我也无济于事，车开起来，我依旧冷得发抖。

寒冷却不是最让我畏惧的，最畏惧的是我天生晕车。妈妈说我还在襁褓里时坐车便吐奶，所以乘车对我来说等同于受罪。车子也就刚出县城的样子，早上吃的东西便已全数吐出。后面的路程，吐了喝水，喝完再吐，最后小小的心苦涩无比。我缩成一团，眼泪汪汪，昏沉沉地瘫在爸爸怀里，抱怨着一个词："老家"。

为什么要有老家？我宁愿是没有的。

2

那样苦楚地承受，车子却似总也不到，道路狭窄坎坷，几乎没有一段是平坦宽阔的。破旧的客车颠簸着，一路摇摇晃晃，100公里的路程，三四个小时到达已属万幸。

下了车，我的整个身体都是瘫软的，爸爸的行李转到妈妈和哥哥手里，他要抱着我。

好在离车不远的路边，永远是有人去接站的——三两个男人不知道等了多久，齐齐蹲在路边抽着廉价的烟卷。

永远分不清他们谁是谁，大伯或者叔叔，堂哥还是别的谁。只是任由他们一边和爸妈用家乡话寒暄，一边接了我过去，用脏乎乎的棉大衣包了抱在怀里，东西放在唯一的一辆自行车上。一行人步行半个小时，才到那个寒冬里更显孤寂、荒凉的村落。

那个村子叫张家屯。奶奶的家在村子中间的位置，是多年前的土坯房，低矮阴暗。房子没有窗，黑漆漆的木头房门，若关上，即使白天，屋子里也伸手不见五指，所以家家户户都有那种麦秸扎成的半门，虚掩着，实在挡不住任何风寒。

为取暖，奶奶会在屋里用木头烧火——也只在我们回去的时候才从早到晚地燃着。每一张面孔都是相似的，灰扑扑的，布满皱纹，好像经年都不洗脸的样子。男人女人的衣着，除了黑色便是藏蓝色和灰色，只有小女孩是俗气的大红大绿，长头发结成麻花辫子，浑身散发着长久没有清洗的油腻味道。

饭桌上倒是丰盛，奶奶会把过年的鸡鱼肉蛋一直留待我们回去，再倾数端出享用。好在冬天存放食物不易变质，但颜色也失了新鲜，看着并没有食欲。

主食是煎饼，麦子的、玉米的、高粱的……不多的馒头也是留着招待我们一家的。

老家的风俗，整个正月是不做主食的，于是年前，家家户户都烙下整整一大陶瓷缸的煎饼，吃完整个正月。

这就是老家。寒冷和贫穷，成了老家留给我的刻骨的记忆。

3

回老家，每次也只住两个晚上，给奶奶过完生日后的初十早上即回。一是爸妈要赶回去上班，另外住宿实在不方便，几乎每一户都没有多余的被褥，一家人晚上要挤在同一张床上。

但我最怕的也不是这种拥挤，而是跳蚤。

老家原本就脏乱，又家家户户养狗，所以跳蚤很多。除了天生晕车，我还有着容易招惹各种小虫子的皮肤，那些可恨的小东西总是轻易找上我。于是每次回老家，我无一例外被跳蚤“亲吻”得浑身是暗红色的包包，即使抹上药膏，也总要十几天才能慢慢止住痛痒消下去。

所以两天后的早上，在奶奶的篱笆小院前和她说再见的时候，我的心都早已迫不及待地飞离了那个古老荒凉的村庄。

走时也是大包小包，大娘婶婶们做的煎饼，堂嫂堂姐们绣的鞋垫，大伯叔叔们种的花生、红薯，还有奶奶晒的红薯干、干豆角和煮好的鸡蛋。

路上，爸爸会叮嘱去送我们的堂哥、叔叔、伯伯照顾奶奶，然后塞给他们一些钱。

钱不是太多，爸妈那时抚养我们兄妹三个，经济本不宽裕。

回去又是吐得一塌糊涂，三两日间一来一回地折腾，好些天才会慢慢恢复元气。所以整个童年，老家对我来说，是畏惧，是排斥，是抱怨和微微的恨意。

4

时光就这样在回老家的仪式中一年一年过去。车次慢慢多了两班，路也平坦了许多，旧客车换成新客车，也能够买到晕车药缓解我的晕车，奶奶的房子翻修成砖瓦的……但对老家，我始终不热爱。奶奶的身体每况愈下，伯伯叔叔们总有数不清的事情打来电话，修房、买拖拉机、孩子嫁娶……长年累月拿走爸妈收入的一部分，所以，因为有一个老家，一个少女的成长便少了心仪的单车，少了想要的随身听，少了新衣、新鞋和零花钱……

那样一个老家，我拿什么来爱它呢？

不，我不爱它。那么多年，我一次次回到它身边，却从来不曾和它有过真心的对话。我从来没有好好看过它。

奶奶是我上大二那年去世的，也是冬天，我已放了寒假。得到消息，一家人赶回去给奶奶送别。

83岁也属高龄，爸爸没有表现得太过悲伤，只是在最后守着奶奶的那个晚上，一直沉默着，一会儿帮奶奶整理一下衣服，一会儿看一看奶奶手中握着的“元宝”是否安好……更多的时间，则静静地注视着奶奶苍老却平静的面容。

我默默地看着爸爸，想了一个问题：爷爷早已辞世，如今奶奶也不在了，老家可还是老家？可还有曾经的牵绊和挂念？

我没有问，只是陪着爸爸，在那一天，默默送走了他的妈妈。那年春节，我们在老家度过。我以为，那该是我们最后一次在老家居住和停留了。

5

果然，自那以后，我们再也没有回老家居住过。大学毕业后，我在读书的青岛生活了几年，然后又到离家500公里的郑州，在一家杂志社安顿下来。每次回家，少少几天陪伴已经年迈的父母，并不再回老家。但这些年爸妈回老家却更频繁了一些，哥哥买了车，两个县城之间也早已通了高速，自驾单程也不过一个小时的样子，一天时间可以轻松往返。

听妈说，老家也富了，堂哥他们要么开货车、种大棚蔬菜，要么在县城的厂子做工，收入都不错，再也没有人跟爸妈伸手，反倒是每次回去，车子的后备厢里总是被塞得满满的，鸡鱼肉蛋、花生油、新鲜蔬菜……爸说，那可都是纯天然绿色食品。

“当然，再也没有你最怕的跳蚤了。”爸又说，“新农村干净卫生，街道整齐。”

我听了，笑，却无语。富起来的老家对我来说已经全然陌生了，也想不出日后还会有怎样的交集。

是啊，我想不出，所以不会想到，那一天“老家”这两个字会以那样的方式一下扎进我的心里。

6

那年春天，爸爸身体不适，去医院检查，癌症晚期。

送到临沂市人民医院，入院两个月后，爸爸的人生进入倒计时，消瘦虚弱到已近乎无力言语，断断续续开始昏迷。

那天午后，他却忽然清醒了，嘴唇嚅动，似乎想说什么。握住他的手，我贴近他，听到他喃喃地说："回老家。"

"什么？"其实我听清楚了。这样问，是因为我不解。

他看着我，慢慢地说："带我回老家吧，我想和你爷爷奶奶在一起。"说完，他的眼神忽然温柔起来，那样的眼神里，我分明看到一个孩子对母亲和家的向往。

终于听懂，我用力点头："爸，咱们回老家。"

当天下午，我们带着爸爸离开医院，回到我许久不见的老家。回去20分钟后，在奶奶曾经居住的屋子里，爸爸轻轻闭上了双眼。

那一刻，他的面容格外安详平静，踏实满足。旁边，一直沉默的大伯用粗糙的手轻轻抚摸了一遍爸爸平静的面容，轻轻地说："不怕了，回家了。"

六个字，我忍不住泪如雨下。

那天晚上，像他最后一次守候奶奶那样，我们守着他，一遍遍为他整理衣衫，轻握他的手指，抚摸他的脸庞。无端想起好多年前问他，为什么不把奶奶接到我们家，那样，就不用每年来回折腾了。记得当时，爸爸沉吟良久："奶奶年纪大了，离不开老家了，因为她怕死在外面，灵魂回不了故乡。"

那一刻，爸爸的这句话倏然在我的记忆中跳跃出来，令我的灵魂战栗不已。

7

竟是在爸爸离去后，我开始频繁回老家，爸的五七、百天、周年……还有清明节、中元节、春节——按照老家的风俗，爸爸葬在老家，作为子女，我们要回老家请回爸爸的灵位，一起过三个年。三年后，爸爸的灵位才可入族谱。

老家，终于成为我不断自愿回归的地方。

一如爸妈所说，老家早已变了样子，变得富裕整洁。但这已不是我在意的，我在意的是爸爸的安身之处。在爷爷奶奶的坟墓旁边，春有垂柳秋有菊，两棵松柏是大伯亲手种下的，四季青翠。坟土永远被归拢得细致整齐，每一个节日里，墓碑前干净的供台上都有好酒好菜，有人在那里陪他聊家长里短。堂哥家10岁小儿，称呼爸爸“四爷爷”，常常摘了自家大棚的新鲜蔬果送过去，这样说：“四爷爷，你吃啊，咱家的。要么，你想吃什么自己摘。”

那天真孩童，记得那个外地的四爷爷给他买过玩具枪、新衣服。

孩童亦是有情的。我终于熟悉了他们每一个人的面容，就如熟悉我真正的家人。

那天，生性寡言内敛的堂哥在喝了一点酒后，借着微微的酒意对我说：“叔在家里，妹妹，你在外面放心。”

是的，爸爸回到老家，我放心。我已经知道了，老家还有一个名字，叫故乡。她永远等在那里，等待她所有离家的孩子灵魂最后的回归。